Adapté de l'œuvre de

Robin Hobb

L'Assassin Royal

Volume 1 : Le Bâtard

Scénario
JEAN-CHARLES GAUDIN

Dessin
LAURENT SIEURAC

Couleurs
FABIEN ALQUIER

Couverture
DIDIER GRAFFET

Un grand merci à Robin Hobb pour nous faire voyager si joliment !
Merci à Mélanie pour avoir pensé à moi !
Coup de chapeau à A. Mousnier-Lompré pour sa justesse !
Merci à mon complice Laurent Sieurac !
Et encore merci à Jean-Luc Clerjeaud pour ses remarques !
J.-C. Gaudin

Encore et toujours un grand merci à mes parents !
À Robin Hobb pour nous avoir permis de donner vie à ses personnages
au travers de la meilleure histoire que j'ai eue à illustrer !
À Carmen et Diego, mes amours !
L. Sieurac

Une collection dirigée par Mélanie Turpyn

D'après l'œuvre de Robin Hobb
Titre original : The Farseer trilogy - Assassin's apprentice

Éditions France Loisirs
123, boulevard de Grenelle, Paris
www.franceloisirs.com

Une éditions du club France Loisirs, Paris
réalisée avec l'autorisation des Éditions Soleil

Couverture : Didier Graffet
Conception graphique : Studio Soleil

Dépôt légal : Décembre 2010 - ISBN : 978 - 2 - 298 - 03773 - 9
N° d'Éditeur : 60559

Imprimé en France par PPO Graphic

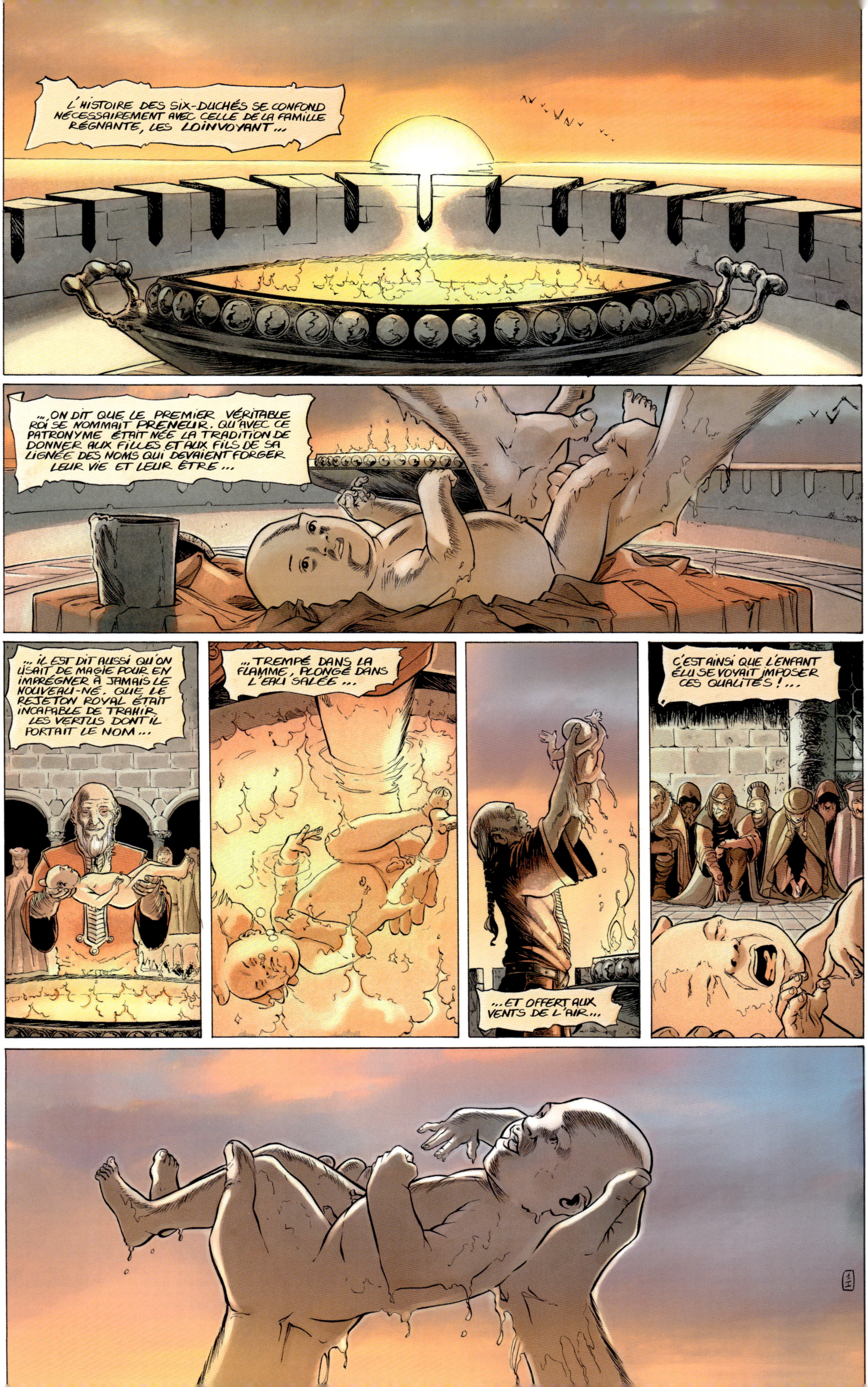
L'HISTOIRE DES SIX-DUCHÉS SE CONFOND NÉCESSAIREMENT AVEC CELLE DE LA FAMILLE RÉGNANTE, LES LOINVOYANT...
...ON DIT QUE LE PREMIER VÉRITABLE ROI SE NOMMAIT PRENEUR. QU'AVEC CE PATRONYME ÉTAIT NÉE LA TRADITION DE DONNER AUX FILLES ET AUX FILS DE SA LIGNÉE DES NOMS QUI DEVAIENT FORGER LEUR VIE ET LEUR ÊTRE...
...IL EST DIT AUSSI QU'ON USAIT DE MAGIE POUR EN IMPRÉGNER À JAMAIS LE NOUVEAU-NÉ. QUE LE REJETON ROYAL ÉTAIT INCAPABLE DE TRAHIR LES VERTUS DONT IL PORTAIT LE NOM...
...TREMPÉ DANS LA FLAMME, PLONGÉ DANS L'EAU SALÉE...
...ET OFFERT AUX VENTS DE L'AIR...
C'EST AINSI QUE L'ENFANT ÉLU SE VOYAIT IMPOSER CES QUALITÉS !...

MES PREMIERS SOUVENIRS SONT PRESQUE PHYSIQUES... AVEC LA SENSATION DE LA MAIN FERME DU GRAND VIEILLARD QUI ENSERRAIT LA MIENNE...
... ET CELLE DU FROID QUI TRANSPERÇAIT MES VÊTEMENTS ALORS QUE NOUS NOUS TENIONS DEVANT LA GRANDE PORTE...
BLAM
BLAM
JE VOUS AI AMENÉ LE GAMIN !
SIX ANS QUE JE LE NOURRIS À MA TABLE ET AUCUNE NOUVELLE DE SON PÈRE...
... ALORS, PRENEZ-LE ET REFILEZ-LE À SON GÉNITEUR...
... QUE CELUI QUI L'A FAIT LUI DONNE À MANGER !...
DE QUI IL EST ?
DE CELUI QU'EST ROI SERVANT : LE PRINCE CHEVALERIE !

SACREBLEU ! ...
QUEL ÂGE A-T-IL ?
D'APRÈS LE FERMIER, SIX ANS, MESSIRE !
SI L'ON COMPTE LA GROSSESSE, ÇA FERA À PEU PRÈS SEPT ANS... L'ANNÉE OÙ LES CHYURDA ONT ESSAYÉ DE BLOQUER LE COL...
CHEVALERIE S'Y TROUVAIT JUSTEMENT POUR NÉGOCIER...
CE PETIT TIENT EFFECTIVEMENT DE CHEVALERIE !
QUI AURAIT CRU ÇA DE MON TRÈS VERTUEUX FRÈRE ?
QUI EST LA MÈRE ?
ON NE SAIT PAS, MESSIRE !
'Y AVAIT QUE LE VIEUX FERMIER.
IL A JUSTE DIT QUE C'ÉTAIT LE BÂTARD DU PRINCE CHEVALERIE ET QUE C'ÉTAIT À LUI DE S'EN OCCUPER.
... D'ICI UNE QUINZAINE DE JOURS, SA MÈRE VIENDRA BIEN PLEURNICHER POUR LE RÉCUPÉRER...
... JE SAURAI ALORS QUI C'EST, SI JE NE L'AI PAS APPRIS AVANT...
DIS-MOI PETIT, COMMENT T'APPELLES-TU ?
PETIT !
BON, IL FAUT S'OCCUPER DE LUI JUSQU'AU RETOUR DE CHEVALERIE.
TROUVE-LUI DE QUOI MANGER ET UN ENDROIT POUR DORMIR !
JE VERRAI DEMAIN QUOI FAIRE DE LUI.

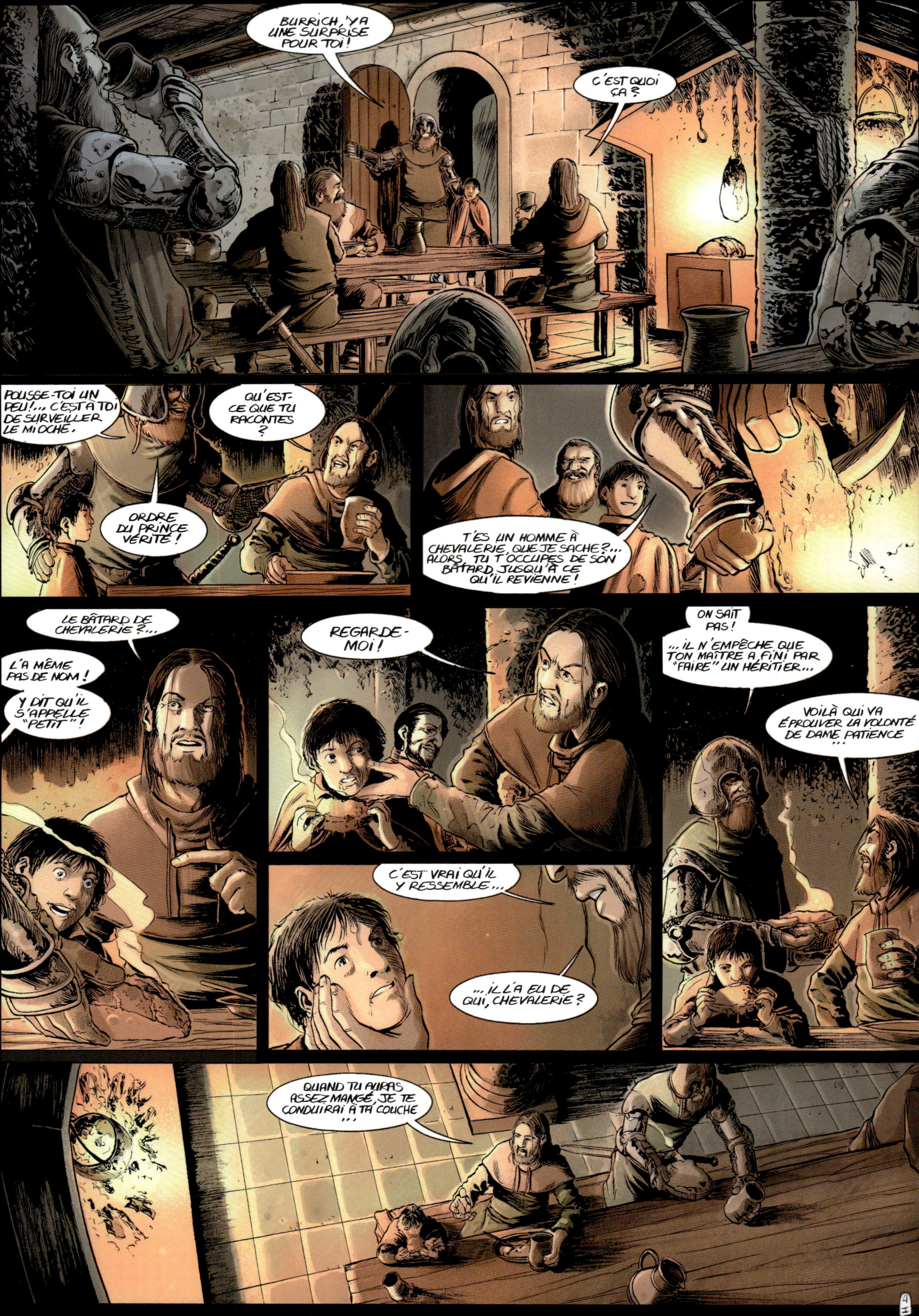
BURRICH, Y'A UNE SURPRISE POUR TOI !
C'EST QUOI ÇA ?
POUSSE-TOI UN PEU !... C'EST À TOI DE SURVEILLER LE MIOCHE.
QU'EST-CE QUE TU RACONTES ?
ORDRE DU PRINCE VÉRITÉ !
T'ES UN HOMME À CHEVALERIE, QUE JE SACHE ?... ALORS, TU T'OCCUPES DE SON BÂTARD JUSQU'À CE QU'IL REVIENNE !
LE BÂTARD DE CHEVALERIE ?...
L'A MÊME PAS DE NOM !
Y DIT QU'IL S'APPELLE "PETIT" !
REGARDE-MOI !
C'EST VRAI QU'IL Y RESSEMBLE...
...IL L'A EU DE QUI, CHEVALERIE ?
ON SAIT PAS !
...IL N'EMPÊCHE QUE TON MAÎTRE A FINI PAR "FAIRE" UN HÉRITIER...
VOILÀ QUI VA ÉPROUVER LA VOLONTÉ DE DAME PATIENCE...
QUAND TU AURAS ASSEZ MANGÉ, JE TE CONDUIRAI À TA COUCHE...

SUIS-MOI, FITZ! C'EST AU BOUT DE LA COUR.
METS-TOI CONTRE RENARDE, LÀ! ELLE VA TE PRENDRE SOUS SON AILE !
POUSSE-TOI, FOUINOT!
FAIS DE LA PLACE AU GAMIN!
CASTELCERF EST PLUS HOSPITALIER, MAIS POUR LE MOMENT, TU SERAS AU CHAUD ET EN SÉCURITÉ, ICI!

À CETTE ÉPOQUE, BURRICH ÉTAIT DE TOUS LES INSTANTS. IL ME PRODIGUAIT LES MÊMES SOINS QU'AUX BÊTES DE CHEVALERIE...
...JE N'AI GARDÉ QUE DES SOUVENIRS FUGACES DE CETTE PÉRIODE...
...JE ME RAPPELLE SURTOUT DE FOUINOT... QUAND NOUS N'ÉTIONS PAS EN TRAIN DE MANGER DANS LA CUISINE, NOUS NOUS AMUSIONS DANS LA PAILLE DES BOXES...
...ET IL Y EUT AUSSI CETTE FOIS OÙ BURRICH, PRINCE VÉRITÉ ET UN AUTRE HOMME SE PENCHÈRENT SUR MOI...
BÂTARD OU NON, ON NE FAIT PAS VIVRE UN ENFANT PARMI LES BÊTES !
IL EST VRAI, MAIS JE LE TROUVAIS BIEN JEUNE POUR VIVRE AU MILIEU DES GARDES.
ICI, IL DORT AU CALME ET LE CHIOT S'EST PRIS D'AFFECTION POUR LUI.
NOTRE PÈRE, LE ROI, DEMANDE À CE QU'IL REJOIGNE CASTELCERF.
MA MÈRE N'APPRÉCIE NULLEMENT CETTE AFFAIRE... NOUS ÉTIONS D'AVIS DE METTRE L'ENFANT À L'ÉCART POUR NE PAS COMPLIQUER LA SUCCESSION.
LA SUCCESSION ?
...JE NE VOIS RIEN DE COMPLIQUÉ, ROYAL! IL Y A CHEVALERIE, PUIS MOI, TOI ET ENSUITE TON COUSIN AUGUSTE...
...CE BÂTARD N'ARRIVE QU'EN CINQUIÈME POSITION !
IL N'EMPÊCHE! SI DAME PATIENCE NE DONNE JAMAIS D'HÉRITIER À CHEVALERIE ET SI CELUI-CI DÉCIDE DE RECONNAÎTRE LE GAMIN, LA NOBLESSE EN SERA DIVISÉE...
TOUT LE MONDE EST AU COURANT DE SON EXISTENCE.
DAME PATIENCE NE SERA PAS LA PREMIÈRE À DEVOIR SE TROUVER FACE AU BÂTARD DE SON MARI...
...COMME JE L'AI ANNONCÉ À NOTRE PÈRE, NOUS SERONS À CASTELCERF DANS TROIS SEMAINES !

... LES HAUTES TOURS GRISES ET LES MURAILLES DE LA CITADELLE NOUS SURPLOMBAIENT. C'EST LÀ-BAS QUE SE TROUVAIENT LES QUARTIERS DE BURRICH... L'ENDROIT OÙ IL DEVAIT M'EMMENER EN MÊME TEMPS QUE LES CHIENS ET LES FAUCONS DE CHEVALERIE.
COB! ACCOMPAGNE LE PETIT FITZ AUX CUISINES, DONNE-LUI À MANGER ET RAMÈNE-LE-MOI ENSUITE!
TANDIS QUE COB ME DÉGOTAIT QUELQUE CHOSE À MANGER DANS LES CUISINES, J'OBSERVAI LA FOULE TOUJOURS PLUS COMPACTE QUI S'AFFAIRAIT POUR LE BANQUET D'ACCUEIL DONNÉ EN L'HONNEUR DE VÉRITÉ ET ROYAL...
C'EST TOI LE BÂTARD, HEIN?...
REGARDEZ, C'EST L'BÂTARD DE CHEVALERIE!
IL Y RESSEMBLE!
TU SAIS PAS ENCORE QU'IL EST PARTI, TON PÈRE?...
... IL A RENONCÉ AU TRÔNE ET A QUITTÉ CASTELCERF POUR SE RENDRE À FLÉTRIBOIS AVEC DAME PATIENCE. Y T'ONT PAS DIT, PRINCES ROYAL ET VÉRITÉ? HA! HA! HA! HA!
C'EST QUI TA MÈRE?... T'AS UN NOM, PE...

AAÏÏÏEE
FOUTU BÂTARD!
C'ÉTAIT LE REFUGE DE FOUINOT... JE SAVAIS QUE NOUS Y SERIONS TRANQUILLES...
... SANS LE VOULOIR, JE CROIS QUE JE PÉNÉTRAI DANS L'ESPRIT DE FOUINOT... JE PARTAGEAI AINSI, SES RÊVES D'UNE CHASSE SANS FIN À LA POURSUITE D'UNE PROIE...
... AVEC LUI, JE ME FRAYAI UN CHEMIN PARMI LES ÉBOULIS, LES RONCES ET LES ORTIES...
... JUSQU'À CE QUE LE SOMMEIL EU FINALEMENT RAISON DE MOI...

TU VOIS... T'OSES MÊME PAS!
FERME-LA, BRISE-PIF, OU JE VAIS TE CROCHETER LA LANGUE QUE T'AS BIEN PENDUE!...
...TE GÊNE PAS SURTOUT!
LA VOILÀ... HUUUUU!
JE TE PRÉVIENS, BRISE-PIF, TU REFAIS ÇA ENCORE UNE FOIS ET JE TE FICHE UNE VOLÉE COMME T'AS PAS IDÉE!
POSSIBLE QUE SI! J'AI L'HABITUDE AVEC MON PÈRE...
LAISSE-LA TRANQUILLE!
VOUS ÊTES TROP BÊTES! JE LAISSE TOMBER!
ON SE REVERRA, BRISE-PIF ET CE JOUR-LÀ, TU FERAS MOINS LA MALIGNE!
MERCI, LE NOUVEAU, MAIS J'AURAIS PU M'EN DÉBARRASSER TOUTE SEULE...
C'EST LUI QUI T'A FAIT ÇA?...
HEU... NON! ÇA, C'EST MON PÈRE... QUAND JE SUIS MÉCHANTE OU QU'IL A TROP BU.
MOLLY!
MOLLY! IL TE CHERCHE PARTOUT!
IL S'EST RÉVEILLÉ ET IL S'EST MIS EN COLÈRE QUAND IL A VU QUE TU AVAIS DISPARU ET QUE LE FEU ÉTAIT ÉTEINT...
IL EST TEMPS QUE JE ME SAUVE!
SI TU VEUX MANGER DES LUSTRONS, LE NOUVEAU, REJOINS-MOI UN DE CES JOURS À MARÉE BASSE SUR LES ROCHERS!...

BURRICH NE SE SOUCIAIT GUÈRE DE MES ALLÉES ET VENUES, DU MOMENT QU'IL ME RETROUVAIT CHAQUE SOIR SUR MA PAILLASSE DEVANT L'ÂTRE.
C'ÉTAIT L'ÉTÉ ! LE BOURG ET LE PORT DEVINRENT LE MONDE ENTIER ET LA FORTERESSE, UN SIMPLE LOGEMENT OÙ DORMIR.
KERRY M'ENSEIGNA LES QUAIS ET LES TAVERNES ...
... ET COMMENT ON POUVAIT SE FAIRE TROIS OU QUATRE SOUS PAR JOUR, EN PORTANT DES MESSAGES D'UN ENDROIT À L'AUTRE ...
TOUTES CES SENSATIONS, TOUTES CES ODEURS ...
... FOUINOT LES PARTAGEAIT AVEC MOI ! NOUS ÉTIONS LIÉS DÉSORMAIS ET JE NE ME DÉTACHAIS QUE TRÈS RAREMENT DE SON ESPRIT ...
... JE ME SERVAIS DE SON NEZ, DE SES YEUX ET DE SES MÂCHOIRES COMME DES MIENS ET JAMAIS JE N'Y VIS LA MOINDRE ÉTRANGETÉ ...
MES COURSES PRÉFÉRÉES ÉTAIENT CELLES QUI NOUS EMMENAIENT DANS LES TAVERNES ...
CONTEURS ET COLPORTEURS RACONTAIENT LEURS HISTOIRES ...
... TOUT COMME LES MARINS QUI PARLAIENT DES PIRATES ROUGES, DES OUTRÎLIENS QUI S'ADONNAIENT AU PILLAGE ET À LA FLIBUSTE ...
... DES BARBARES QUI PENDAIENT LEURS PRISONNIERS AUX VERGUES DE LEURS NAVIRES, LES LIVRANT AUX COUPS DE BEC ACÉRÉS DES MOUETTES ...
... NOUS BUVIONS TOUS CES RÉCITS PLUS TERRIFIANTS LES UNS QUE LES AUTRES, AVANT DE REPARTIR VERS DE NOUVELLES ÉQUIPÉES ...

ARRÊTEZ-LES!
AUX VOLEURS!
AUX VOLEURS!
AINSI S'ÉCOULA LA PLUS GRANDE PARTIE DE L'ÉTÉ JUSQU'À CE QUE MA BONNE FORTUNE FINISSE PAR S'ÉVANOUIR...
FITZ, QU'EST-CE QUE TU VAS DEVENIR?
QU'EST-CE QU'ON VA DEVENIR?
LE SANG DE CHEVALERIE COULE DANS TES VEINES ET TU COURS AVEC LES MENDIANTS ET LES VOLEURS...
TU VIS EN MEUTE COMME UN ANIMAL!
JE LE DEVINAIS EN VOUS VOYANT ...
JE VOULAIS ME TROMPER ...
C'EST MAL, FITZ! TRÈS MAL!
QUI T'A APPRIS À FAIRE ÇA? ...
À FAIRE QUOI?
TU SAIS BIEN CE QUE JE VEUX DIRE.
QUI T'A APPRIS À ÊTRE DANS L'ESPRIT DE CE CHIEN?

PERSONNE!
PEUT-ÊTRE QU'À FORCE D'ÊTRE ENSEMBLE...
À CE QU'ON DIT, C'EST TOUJOURS COMME ÇA AVEC CEUX QUI ONT LE VIF D'AUTREFOIS.
C'EST... C'EST QUOI LE VIF?
LE VIF D'AUTREFOIS, C'EST LE POUVOIR DU SANG ANIMAL COMME L'ART PROVIENT DE LA LIGNÉE DES ROIS!
C'EST UN DON QUI PERMET DE COMPRENDRE LE LANGAGE DES BÊTES... ET PUIS, ÇA FINIT PAR TE TIRER PAR LE BAS JUSQU'À CE QU'IL N'Y AIT PLUS D'HUMANITÉ EN TOI.
C'EST ÇA QUE TU VEUX, FITZ? PRENDRE LE SANG ROYAL QUE TU PORTES ET LE NOYER DANS LE SANG DE LA CURÉE?
JE... JE NE SAIS PAS...
MOI, JE SAIS!
TU RESTES ICI POUR QUE JE TE TIENNE À L'ŒIL...
QUANT À LUI, IL DÉGAGE!
NON!
NE PENSE PLUS À LUI!
C'EST DEPUIS CE JOUR QUE LA GRAINE DE LA SOLITUDE FUT PLANTÉE EN MOI POUR Y ENFONCER SES PROFONDES RACINES...

LES MOIS PASSÈRENT ET J'EN VINS À TROUVER UNE PLACE DANS L'EXISTENCE.
LES GENS S'HABITUÈRENT À MA PRÉSENCE ALORS QUE JE SECONDAIS BURRICH...
...EN L'OBSERVANT, JE COMPRIS QU'IL ÉTAIT TOUT AUSSI SEUL QUE MOI... CHEVALERIE NE LUI AVAIT PAS PERMIS DE LE SUIVRE EN EXIL ET IL SE RETROUVAIT AVEC LA GARDE D'UN BÂTARD...
UN MATIN, ALORS QUE J'ALLAIS SUR MES DIX ANS, J'ENTRAI DANS LA GRANDE SALLE OÙ TRÔNAIENT LES COPIEUX RESTES D'UN BANQUET DONNÉ LA VEILLE...
TU VOIS, ROYAL, UNE OCCASION SE PRÉSENTE ET QUELQU'UN LA SAISIT...
C'ÉTAIT LE ROI SUBTIL ACCOMPAGNÉ DE PRINCE ROYAL ET DU NOUVEAU BOUFFON...
REGARDE-LE !
QUE VAS-TU FAIRE DE LUI ?...
SON ASCENDANCE EST AUSSI ROYALE QUE LA TIENNE, MÊME S'IL EST NÉ DU MAUVAIS CÔTÉ DES DRAPS...
...VEUX-TU EN FAIRE UN INSTRUMENT ?
UNE ARME ?
UN CAMARADE ?
UN ADVERSAIRE ?...
MAIS... CE N'EST QU'UN GOSSE !
JUSTEMENT, OCCUPE-T'EN AVANT QUE QUELQU'UN NE LE FAÇONNE ET NE S'EN SERVE CONTRE TOI...
...ET DANS DIX ANS, TU AURAS UN HOMME DE CONFIANCE UNI À LA FAMILLE PAR L'ESPRIT AUTANT QUE PAR LE SANG...
...IMAGINE TOUS LES USAGES D'UNE PERSONNE QUI EST DE LA LIGNÉE ROYALE ET QUI, EN MÊME TEMPS...
...N'EN EST PAS...

REGARDE SES YEUX, ROYAL!
ON Y LIT L'INTELLIGENCE ET PEUT-ÊTRE UN ART POTENTIEL...
VOILÀ!
À PRÉSENT, TU M'APPARTIENS. JE M'OCCUPERAI BIEN DE TOI. SI ON CHERCHE À TE RETOURNER CONTRE MOI, VIENS ME VOIR ET JE TE DONNERAI CE QUE TU SOUHAITES.
TU TE CONFORMERAS À MES ORDRES ET S'IL Y A QUOI QUE CE SOIT, PARLES-EN À BURRICH, OU MIEUX ENCORE, À MOI!
AVEC CETTE ÉPINGLE, ON TE LAISSERA ENTRER DANS MES APPARTEMENTS.
ALLONS-Y!

ALORS, IL A FALLU QUE TU AILLES TE COLLER SOUS SON NEZ ? ...
EH BIEN, IL A DÉCIDÉ DE TON SORT ...
DORÉNAVANT, TU TE LÈVERAS AVEC LE SOLEIL. LE MATIN, TU ÉTUDIERAS AVEC MOI COMMENT SOIGNER UN CHEVAL ET T'IMPOSER À LUI...
JE TE MONTRERAI AUSSI COMMENT FAIRE CHASSER TES CHIENS ET T'EN FAIRE OBÉIR.
L'APRÈS-MIDI, TU RECEVRAS L'ENSEIGNEMENT DES ARMES... ET DE L'ART AUSSI, UN JOUR OU L'AUTRE ...
TU APPRENDRAS AUSSI LES LANGUES, LES SIGNES ET LES CHIFFRES. TU AURAS TA CHAMBRE À TOI, EN HAUT DE LA FORTERESSE, LÀ OÙ DORMENT CEUX DE SANG NOBLE.
JE NE VEUX PAS D'UNE CHAMBRE LÀ-HAUT !
TU L'AURAS QUAND MÊME ET IL EST PIRE QUE TEMPS.
CE SONT LES ORDRES !
JE NE VEUX PAS !...
... JE VEUX RESTER LÀ !
VIENS ICI, FITZ !
VIENS ICI, MON GARÇON !
TU N'AS PAS À T'INQUIÉTER ! PERSONNE N'A DIT QUE TU DEVRAIS Y DORMIR TOUTES LES NUITS. TU POURRAS TOUJOURS FAIRE UN TOUR PAR ICI SI TU TE SENS TROP SEUL.
ÇA VA ALLER COMME ÇA, FITZ ?
IL FAUDRA BIEN...
... IL FAUDRA BIEN ...

ET DÈS LE LENDEMAIN COMMENÇA ALORS UN TOURBILLON DE NOUVEAUTÉS ...
BURRICH ME PRÉSENTA SUIE, LA JUMENT QUI M'ÉTAIT DESTINÉE.
IL M'APPRIT À LA DIRIGER ET, EXPOSÉ À SON REGARD, JE N'OSAI PAS SCRUTER L'ESPRIT DE L'ANIMAL ...
... APRÈS LE DÉJEUNER, ON VINT ME CHERCHER POUR ALLER À LA RENCONTRE DE MON NOUVEAU PROFESSEUR...
PRENDS-TOI UN BÂTON, MON GARÇON, QUE JE ME RENDE COMPTE DE QUEL BOIS TU ES FAIT.
JE NE COMPRENDS PAS... JE DOIS APPRENDRE LES ARMES ET LEUR MANIEMENT AVEC HOD...
C'EST MOI, HOD!
JE VEUX TE VOIR À L'ŒUVRE AVANT L'ARRIVÉE DES AUTRES. CHOISIS TON BÂTON!
JE TENDIS MON ESPRIT VERS ELLE ET Y TROUVAI UNE CERTAINE QUIÉTUDE.
CE FAISANT, JE M'APERÇUS QU'À L'INSTAR DES ANIMAUX, LA PLUPART DES PERSONNES ÉTAIENT TOTALEMENT INCONSCIENTES DE MON CONTACT...
EN QUELQUES COUPS ET PARADES, ELLE COMPRIT QUE JE NE M'Y ENTENDAIS GUÈRE DANS CE GENRE DE JEU...
... ELLE M'EXPLIQUA COMMENT BIEN CHOISIR SON BÂTON ET ME MENA PAR LES PHASES D'UN EXERCICE COMPLEXE ...
... QUI, AU FIL DES JOURS, SE FIT DE PLUS EN PLUS LIMPIDE ...
LE SOIR VENU, À LA FOIS EXTÉNUÉ ET EFFRAYÉ, JE SUIVIS LE DÉNOMMÉ BRANT QUI M'OUVRAIT LE CHEMIN CONDUISANT À MA NOUVELLE CHAMBRE ...

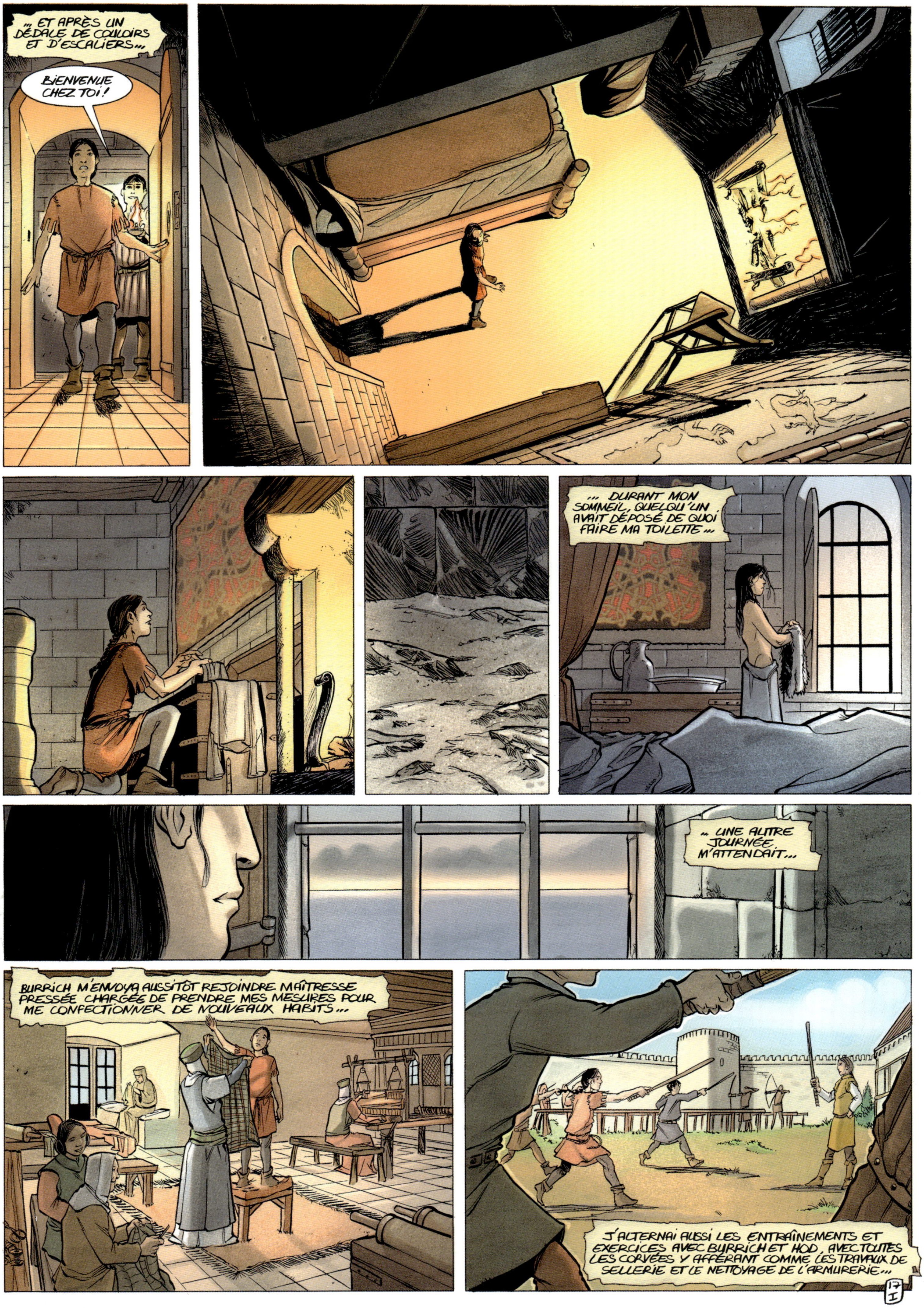
... ET APRÈS UN DÉDALE DE COULOIRS ET D'ESCALIERS...
BIENVENUE CHEZ TOI !
... DURANT MON SOMMEIL, QUELQU'UN AVAIT DÉPOSÉ DE QUOI FAIRE MA TOILETTE...
... UNE AUTRE JOURNÉE M'ATTENDAIT...
BURRICH M'ENVOYA AUSSITÔT REJOINDRE MAÎTRESSE PRESSÉE CHARGÉE DE PRENDRE MES MESURES POUR ME CONFECTIONNER DE NOUVEAUX HABITS...
J'ALTERNAI AUSSI LES ENTRAÎNEMENTS ET EXERCICES AVEC BURRICH ET HOD, AVEC TOUTES LES CORVÉES Y AFFÉRANT COMME LES TRAVAUX DE SELLERIE ET LE NETTOYAGE DE L'ARMURERIE...

APRÈS PLUSIEURS JOURS, MAÎTRESSE PRESSÉE ME FIT APPORTER TROIS NOUVEAUX COSTUMES DONT LE PLUS LUXUEUX PRÉSENTAIT SUR LA POITRINE UNE TÊTE DE CERF BRODÉE...
JE N'AVAIS VU PAREIL MOTIF QUE SUR LE POURPOINT DE ROYAL ET DE VÉRITÉ. BURRICH M'APPRIT QUE CET ÉCUSSON ME DÉSIGNAIT DE SANG ROYAL, MAIS QUE LA ZÉBRURE DE FIL ROUGE MONTRAIT AUSSI QUE J'ÉTAIS DE LIGNÉE IMPURE.
BURRICH AJOUTA QUE SI JE LE SOUHAITAIS, JE POUVAIS M'INVENTER UN NOM ET DES ARMOIRIES...
?
QUI ÊTES-VOUS ?
LÈVE-TOI ET SUIS-MOI, MON GARÇON !
PAR ICI !
LES MARCHES ÉTAIENT FROIDES ET LISSES. ELLES MONTAIENT ET MONTAIENT SANS CESSE...

C'EST UN PEU EN DÉSORDRE ...
SAIS-TU QUI JE SUIS, MON GARÇON, ET CE QUE JE FAIS ICI ?
NON !
MON NOM EST UMBRE ET JE SUIS ENCORE UN NOUVEAU PROFESSEUR.
TU ES DÉSORMAIS L'HOMME LIGE DU ROI SUBTIL. C'EST LUI QUI VEILLE À TON ÉDUCATION ET QUI, EN RETOUR, ATTEND LOYAUTÉ ET DÉVOUEMENT.
JE SUIS CHARGÉ DE T'ENSEIGNER LE MEURTRE OU PLUS EXACTEMENT, L'ART RAFFINÉ DE L'ASSASSINAT DIPLOMATIQUE.
TU SERAS AU SERVICE DU ROI ET JE T'APPRENDRAI LA MANIÈRE FURTIVE ET PRESQUE POLIE DE TUER LES GENS.
JE VAIS DONC FAIRE DE TOI UN ASSASSIN !
ÇA ME ME PLAÎT PAS BEAUCOUP ...
LA PREMIÈRE FOIS SERA LA PLUS DURE, MON GARÇON, MAIS TU VERRAS QU'APPRENDRE À TUER N'EST PAS MAUVAIS ...
... AVANT TOUT, COMMENÇONS PAR RANGER UN PEU !

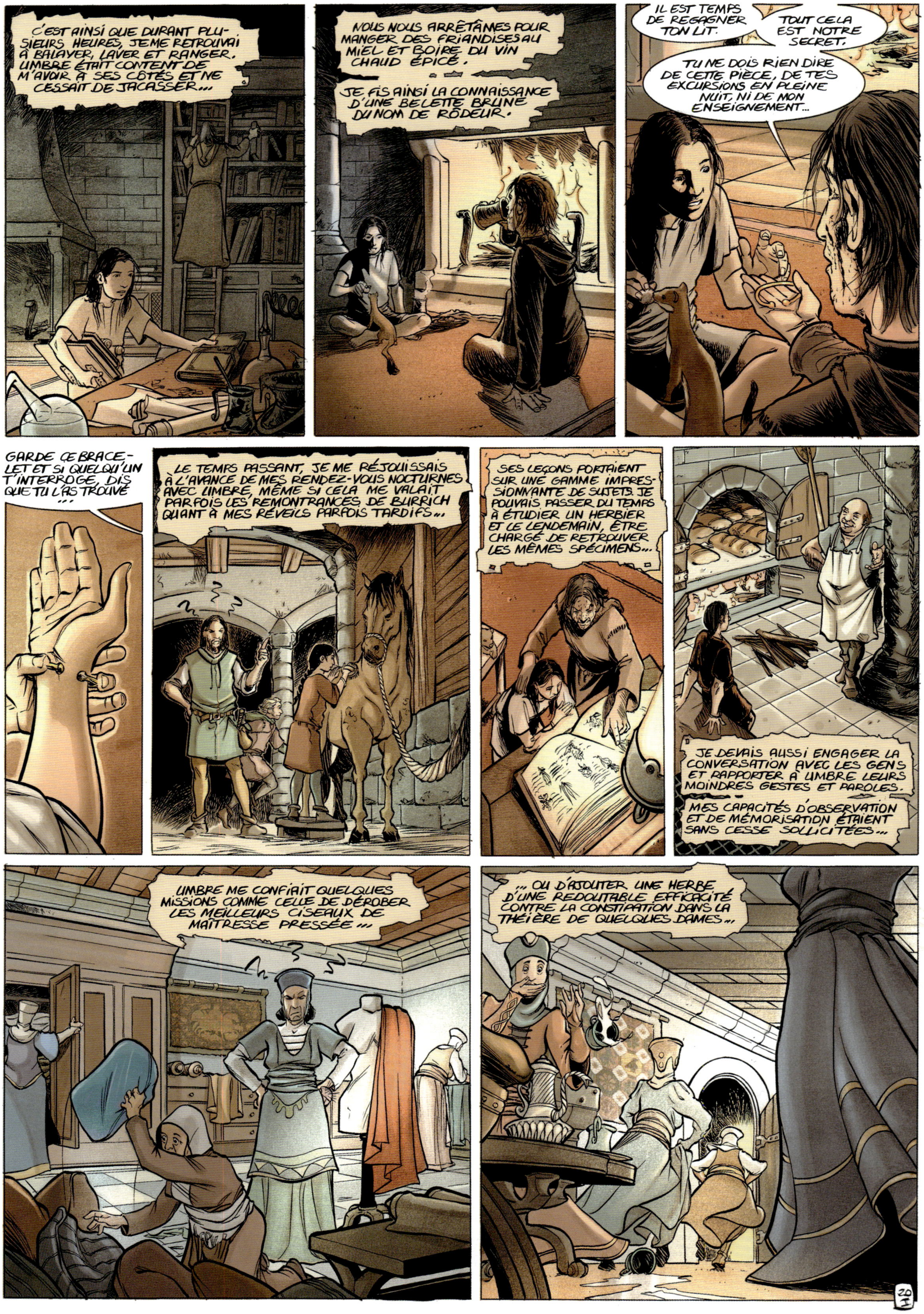
C'EST AINSI QUE DURANT PLUSIEURS HEURES, JE ME RETROUVAI À BALAYER, LAVER ET RANGER. UMBRE ÉTAIT CONTENT DE M'AVOIR À SES CÔTÉS ET NE CESSAIT DE JACASSER...
NOUS NOUS ARRÊTÂMES POUR MANGER DES FRIANDISES AU MIEL ET BOIRE DU VIN CHAUD ÉPICÉ.
JE FIS AINSI LA CONNAISSANCE D'UNE BELETTE BRUNE DU NOM DE RÔDEUR.
IL EST TEMPS DE REGAGNER TON LIT.
TOUT CELA EST NOTRE SECRET.
TU NE DOIS RIEN DIRE DE CETTE PIÈCE, DE TES EXCURSIONS EN PLEINE NUIT, NI DE MON ENSEIGNEMENT...
GARDE CE BRACELET ET SI QUELQU'UN T'INTERROGE, DIS QUE TU L'AS TROUVÉ...
LE TEMPS PASSANT, JE ME RÉJOUISSAIS À L'AVANCE DE MES RENDEZ-VOUS NOCTURNES AVEC UMBRE, MÊME SI CELA ME VALAIT PARFOIS LES REMONTRANCES DE BURRICH QUANT À MES RÉVEILS PARFOIS TARDIFS...
SES LEÇONS PORTAIENT SUR UNE GAMME IMPRESSIONNANTE DE SUJETS. JE POUVAIS PASSER DU TEMPS À ÉTUDIER UN HERBIER ET LE LENDEMAIN, ÊTRE CHARGÉ DE RETROUVER LES MÊMES SPÉCIMENS...
JE DEVAIS AUSSI ENGAGER LA CONVERSATION AVEC LES GENS ET RAPPORTER À UMBRE LEURS MOINDRES GESTES ET PAROLES.
MES CAPACITÉS D'OBSERVATION ET DE MÉMORISATION ÉTAIENT SANS CESSE SOLLICITÉES...
UMBRE ME CONFIAIT QUELQUES MISSIONS COMME CELLE DE DÉROBER LES MEILLEURS CISEAUX DE MAÎTRESSE PRESSÉE...
... OU D'AJOUTER UNE HERBE D'UNE REDOUTABLE EFFICACITÉ CONTRE LA CONSTIPATION DANS LA THÉIÈRE DE QUELQUES DAMES...

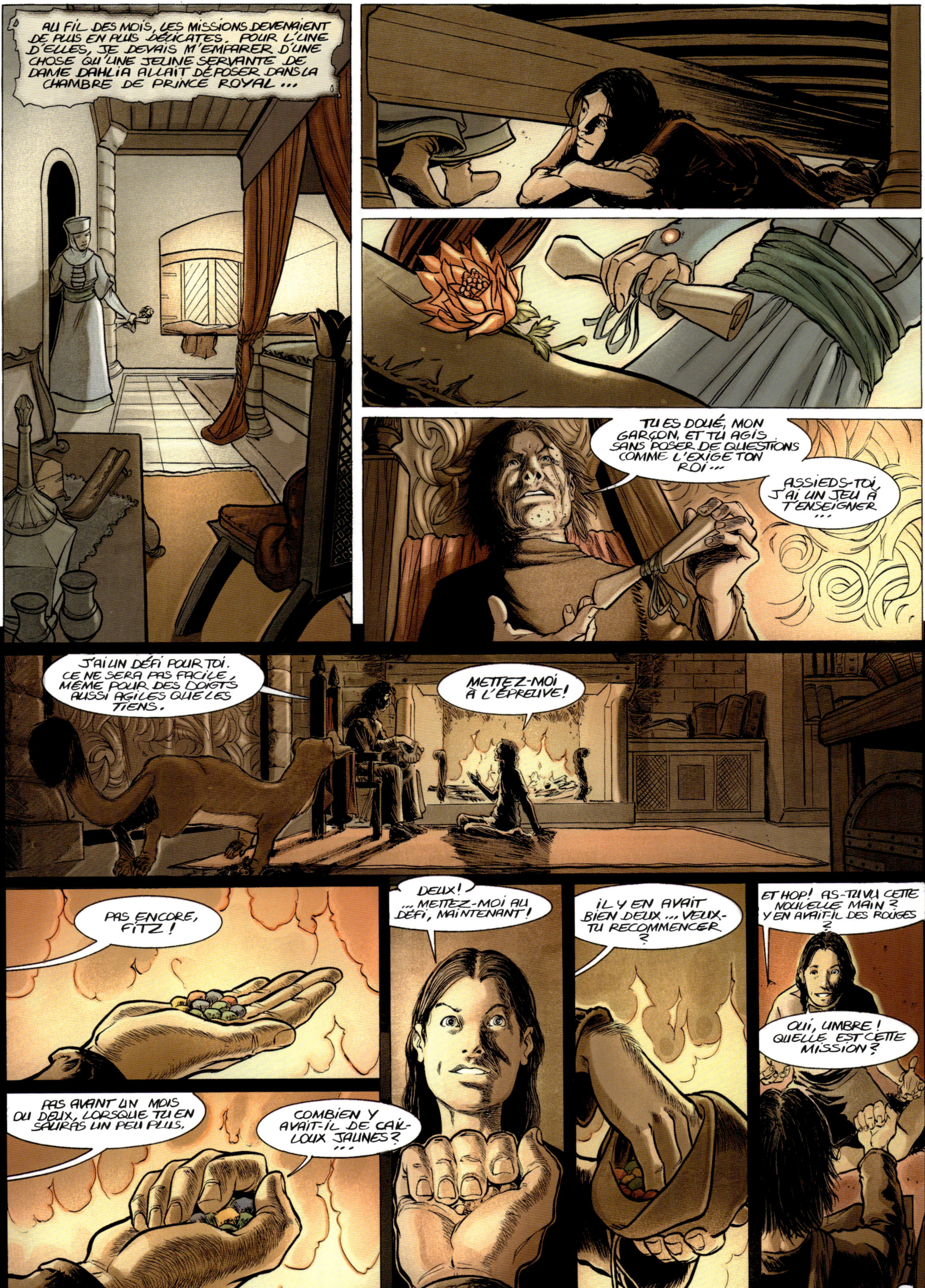
AU FIL DES MOIS, LES MISSIONS DEVENAIENT DE PLUS EN PLUS DÉLICATES. POUR L'UNE D'ELLES, JE DEVAIS M'EMPARER D'UNE CHOSE QU'UNE JEUNE SERVANTE DE DAME DAHLIA ALLAIT DÉPOSER DANS LA CHAMBRE DE PRINCE ROYAL...
TU ES DOUÉ, MON GARÇON, ET TU AGIS SANS POSER DE QUESTIONS COMME L'EXIGE TON ROI...
ASSIEDS-TOI, J'AI UN JEU À T'ENSEIGNER...
J'AI UN DÉFI POUR TOI. CE NE SERA PAS FACILE, MÊME POUR DES DOIGTS AUSSI AGILES QUE LES TIENS.
METTEZ-MOI À L'ÉPREUVE !
PAS ENCORE, FITZ !
PAS AVANT UN MOIS OU DEUX, LORSQUE TU EN SAURAS UN PEU PLUS.
COMBIEN Y AVAIT-IL DE CAILLOUX JAUNES ?...
DEUX !
... METTEZ-MOI AU DÉFI, MAINTENANT !
IL Y EN AVAIT BIEN DEUX... VEUX-TU RECOMMENCER ?
ET HOP ! AS-TU VU CETTE NOUVELLE MAIN ? Y EN AVAIT-IL DES ROUGES ?
OUI, UMBRE ! QUELLE EST CETTE MISSION ?

Y AVAIT-IL PLUS DE ROUGES QUE DE BLEUS ?
... ME RAPPORTER UN OBJET PERSONNEL DE LA TABLE DE NUIT DU ROI !
TROIS ROUGES ET TROIS BLEUS !
C'EST CE QUE J'AI DIT ! ET SEPT VERTS, UMBRE ! JE LE SAVAIS !
NON !
... JE VEUX DIRE : QUELLE MISSION AVEZ-VOUS DIT ?
RATÉ, MON GARÇON !
... VOUS VOULEZ QUE JE VOLE QUELQUE CHOSE AU ROI ?
PAS LUI VOLER, LUI EMPRUNTER SEULEMENT !
UNE SIMPLE ESPIÈGLERIE !
J'AI PASSÉ UN MARCHÉ AVEC LE ROI... J'AURAIS L'IMPRESSION DE LE TRAHIR...
... DE ME MOQUER DE LUI !
NE T'EN FAIS PAS, MON GARÇON ! LE ROI SUBTIL SAIT APPRÉCIER UNE BONNE FARCE !
JE NE VEUX PAS ! PAS LE ROI SUBTIL !
JE LUI AI PROMIS D'ÊTRE LOYAL.
MAIS IL N'Y A RIEN DE DÉLOYAL LÀ-DEDANS !
IL N'EST PAS QUESTION DE TRAHISON !
JAMAIS JE NE POURRAI FAIRE UNE TELLE DEMANDE !
TU ES UN LÂCHE... JE ME SUIS TROMPÉ SUR TON COMPTE.
RETOURNE DANS TA CHAMBRE, PETIT GEIGNARD, ET NE T'ÉTONNE PAS SI JE NE T'APPELLE PLUS !
DU VENT !

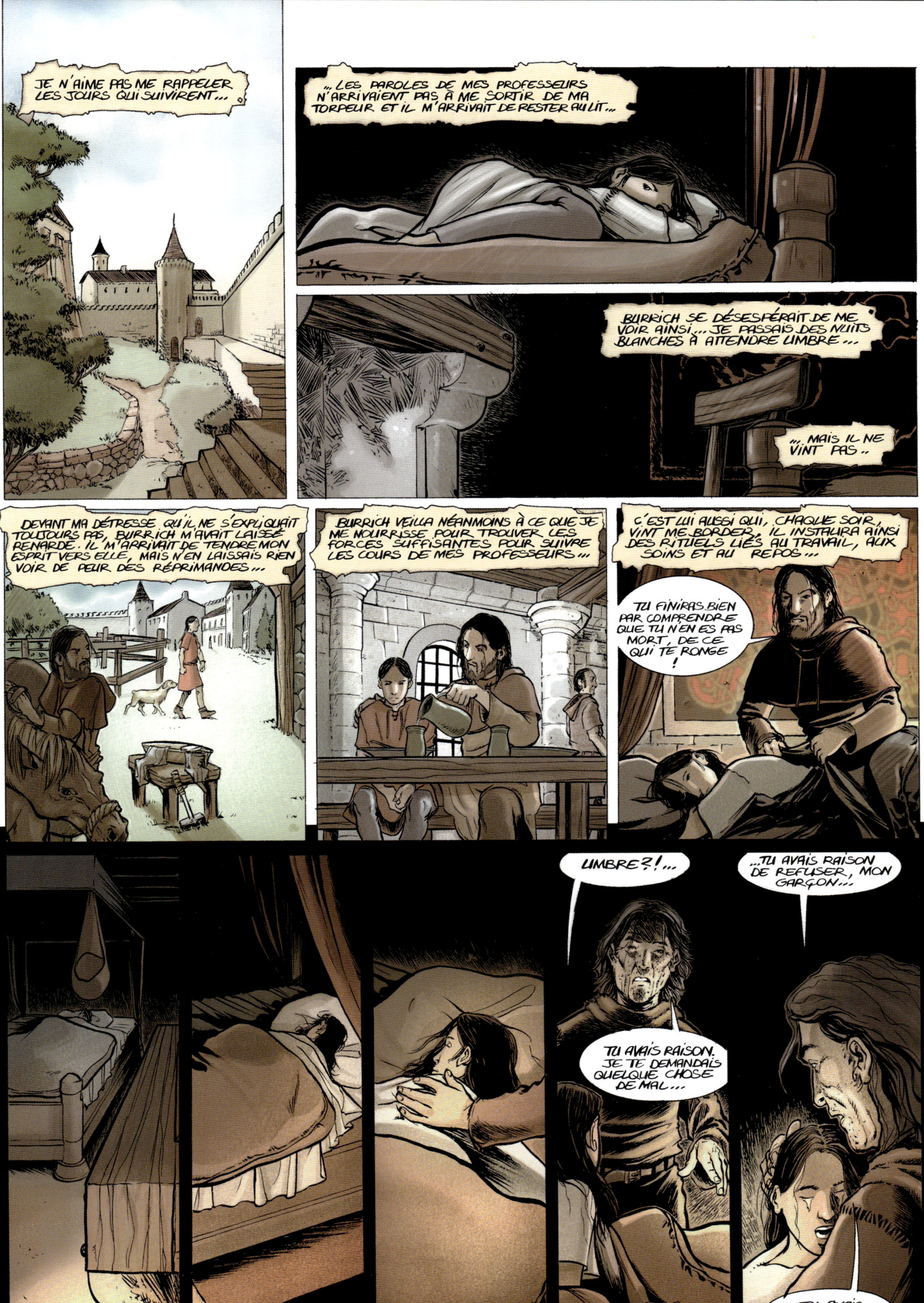
JE N'AIME PAS ME RAPPELER LES JOURS QUI SUIVIRENT...
... LES PAROLES DE MES PROFESSEURS N'ARRIVAIENT PAS À ME SORTIR DE MA TORPEUR ET IL M'ARRIVAIT DE RESTER AU LIT...
BURRICH SE DÉSESPÉRAIT DE ME VOIR AINSI... JE PASSAIS DES NUITS BLANCHES À ATTENDRE UMBRE...
... MAIS IL NE VINT PAS...
DEVANT MA DÉTRESSE QU'IL NE S'EXPLIQUAIT TOUJOURS PAS, BURRICH M'AVAIT LAISSÉ RENARDE. IL M'ARRIVAIT DE TENDRE MON ESPRIT VERS ELLE, MAIS N'EN LAISSAIS RIEN VOIR DE PEUR DES RÉPRIMANDES...
BURRICH VEILLA NÉANMOINS À CE QUE JE ME NOURRISSE POUR TROUVER LES FORCES SUFFISANTES POUR SUIVRE LES COURS DE MES PROFESSEURS...
C'EST LUI AUSSI QUI, CHAQUE SOIR, VINT ME BORDER. IL INSTAURA AINSI DES RITUELS LIÉS AU TRAVAIL, AUX SOINS ET AU REPOS...
TU FINIRAS BIEN PAR COMPRENDRE QUE TU N'EN ES PAS MORT, DE CE QUI TE RONGE !
UMBRE ?!...
TU AVAIS RAISON. JE TE DEMANDAIS QUELQUE CHOSE DE MAL...
... TU AVAIS RAISON DE REFUSER, MON GARÇON...
... TU AVAIS RAISON...

TROIS JOURS PLUS TARD, LE ROI SUBTIL ME CONVOQUA AU PETIT MATIN.
ASSIEDS-TOI, FITZ !
GOÛTE ÇA !
... CETTE VIANDE ET CE LAIT SONT DÉLICIEUX ...
GÊNÉ, JE N'OSAIS RIEN DIRE ... IL ME LAISSA MANGER AINSI TOUT UN MOMENT, PUIS ...
C'ÉTAIT MON IDÉE !
UMBRE N'ÉTAIT PAS D'ACCORD, MAIS J'AI INSISTÉ.
JE NE LUI DEMANDERAI JAMAIS PLUS D'ÉPROUVER TON COURAGE DE CETTE FAÇON.
TU AS MA PAROLE !
DEUX NUITS PLUS TARD, LES LEÇONS AVEC UMBRE REPRIRENT COMME SI ELLES N'AVAIENT CONNU AUCUNE INTERRUPTION ...
CHTOMP
AVANT DE QUITTER LE ROI SUBTIL, J'AVAIS PU RÉCUPÉRER CE COUTEAU EN ARGENT ...
... PLANTÉ DANS LA CHAMBRE DE UMBRE, IL DEVINT MON TROPHÉE ...
... NOTRE TROPHÉE !
24
I

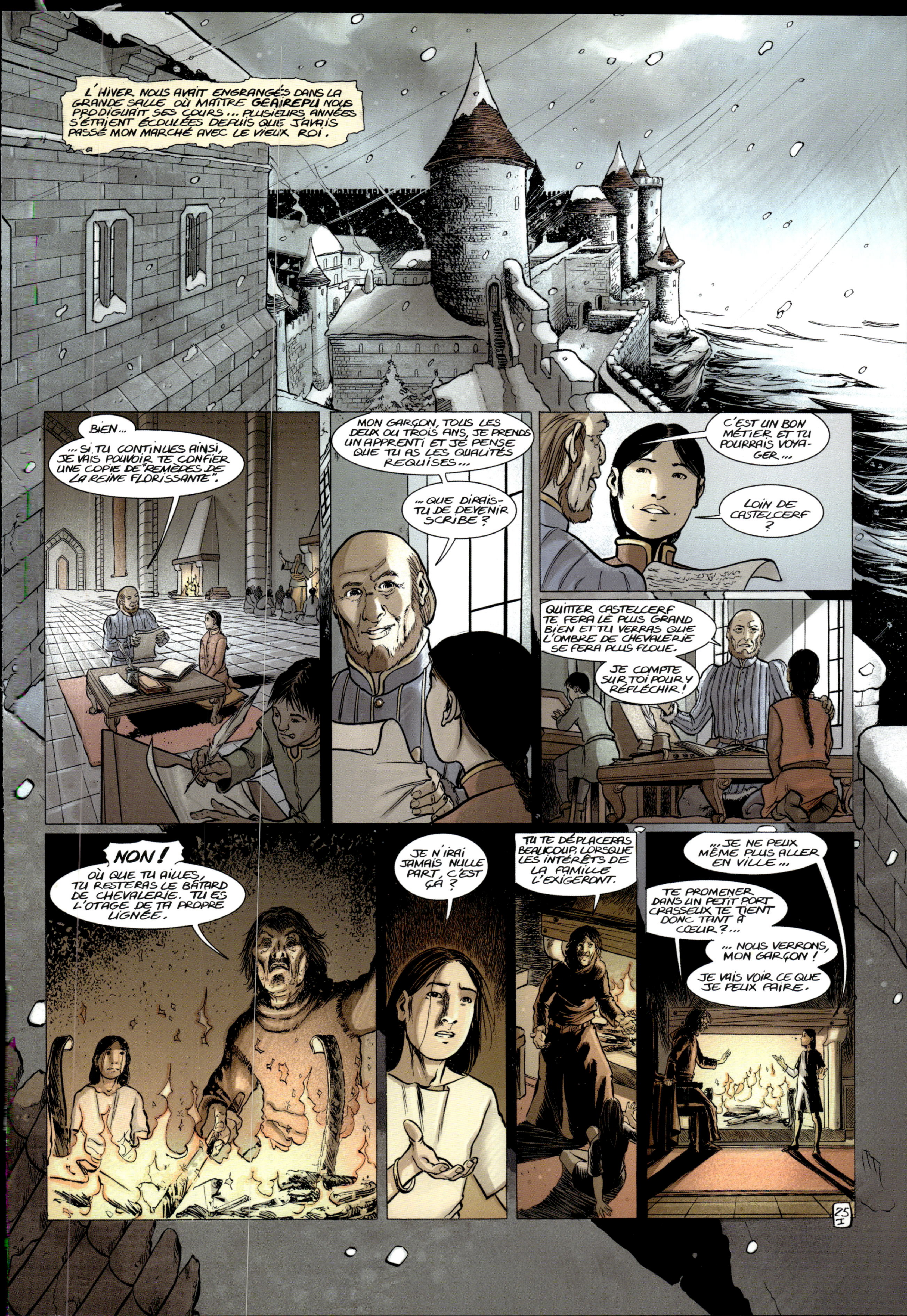
L'HIVER NOUS AVAIT ENGRANGÉS DANS LA GRANDE SALLE OÙ MAÎTRE GEAIREPU NOUS PRODIGUAIT SES COURS... PLUSIEURS ANNÉES S'ÉTAIENT ÉCOULÉES DEPUIS QUE J'AVAIS PASSÉ MON MARCHÉ AVEC LE VIEUX ROI.
BIEN...
...SI TU CONTINUES AINSI, JE VAIS POUVOIR TE CONFIER UNE COPIE DE "REMÈDES DE LA REINE FLORISSANTE".
MON GARÇON, TOUS LES DEUX OU TROIS ANS, JE PRENDS UN APPRENTI ET JE PENSE QUE TU AS LES QUALITÉS REQUISES...
...QUE DIRAIS-TU DE DEVENIR SCRIBE ?
C'EST UN BON MÉTIER ET TU POURRAIS VOYAGER...
LOIN DE CASTELCERF ?
QUITTER CASTELCERF TE FERA LE PLUS GRAND BIEN ET TU VERRAS QUE L'OMBRE DE CHEVALERIE SE FERA PLUS FLOUE.
JE COMPTE SUR TOI POUR Y RÉFLÉCHIR !
NON !
OÙ QUE TU AILLES, TU RESTERAS LE BÂTARD DE CHEVALERIE. TU ES L'OTAGE DE TA PROPRE LIGNÉE.
JE N'IRAI JAMAIS NULLE PART, C'EST ÇA ?
TU TE DÉPLACERAS BEAUCOUP, LORSQUE LES INTÉRÊTS DE LA FAMILLE L'EXIGERONT.
...JE NE PEUX MÊME PLUS ALLER EN VILLE...
TE PROMENER DANS UN PETIT PORT CRASSEUX TE TIENT DONC TANT À CŒUR ?...
... NOUS VERRONS, MON GARÇON !
JE VAIS VOIR CE QUE JE PEUX FAIRE.

DEUX JOURS APRÈS, J'EUS LA SURPRISE D'APPRENDRE QUE GEAIREPU AVAIT REQUIS MES SERVICES POUR ALLER CHERCHER DES FOURNITURES EN VILLE...
LA LISTE DE GEAIREPU M'EMMENA UN PEU PARTOUT DANS BOURG-DE-CASTELCERF QUE JE N'AVAIS PAS VISITÉ DEPUIS PLUS D'UN AN...
VOILÀ, MON GARÇON!
?
BRISE-PIF?
BRISE-PIF?
VOUS N'ÊTES PAS MOLLY BRISE-PIF?
JE M'APPELLE MOLLY CHANDELIÈRE!
QUEL EST VOTRE NOM, MONSIEUR?
MOI, C'EST LE NOUVEAU!
26 I

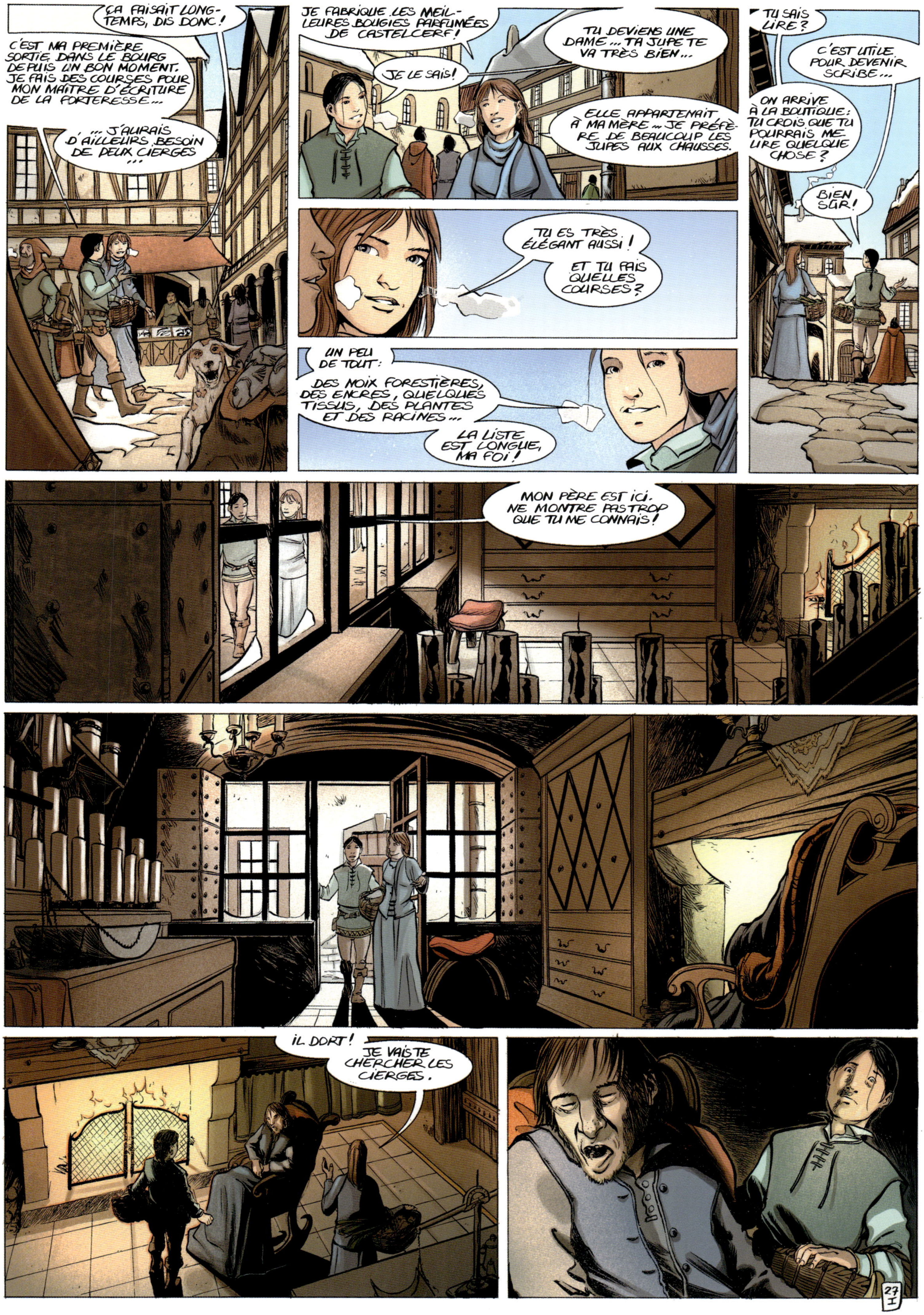
ÇA FAISAIT LONGTEMPS, DIS DONC !
C'EST MA PREMIÈRE SORTIE DANS LE BOURG DEPUIS UN BON MOMENT. JE FAIS DES COURSES POUR MON MAÎTRE D'ÉCRITURE DE LA FORTERESSE...
... J'AURAIS D'AILLEURS BESOIN DE DEUX CIERGES ...
JE FABRIQUE LES MEILLEURES BOUGIES PARFUMÉES DE CASTELCERF !
JE LE SAIS !
TU DEVIENS UNE DAME ... TA JUPE TE VA TRÈS BIEN ...
ELLE APPARTENAIT À MA MÈRE ... JE PRÉFÈRE DE BEAUCOUP LES JUPES AUX CHAUSSES.
TU ES TRÈS ÉLÉGANT AUSSI !
ET TU FAIS QUELLES COURSES ?
UN PEU DE TOUT :
DES NOIX FORESTIÈRES, DES ENCRES, QUELQUES TISSUS, DES PLANTES ET DES RACINES ...
LA LISTE EST LONGUE, MA FOI !
TU SAIS LIRE ?
C'EST UTILE POUR DEVENIR SCRIBE ...
ON ARRIVE À LA BOUTIQUE : TU CROIS QUE TU POURRAIS ME LIRE QUELQUE CHOSE ?
BIEN SÛR !
MON PÈRE EST ICI. NE MONTRE PAS TROP QUE TU ME CONNAIS !
IL DORT !
JE VAIS TE CHERCHER LES CIERGES.

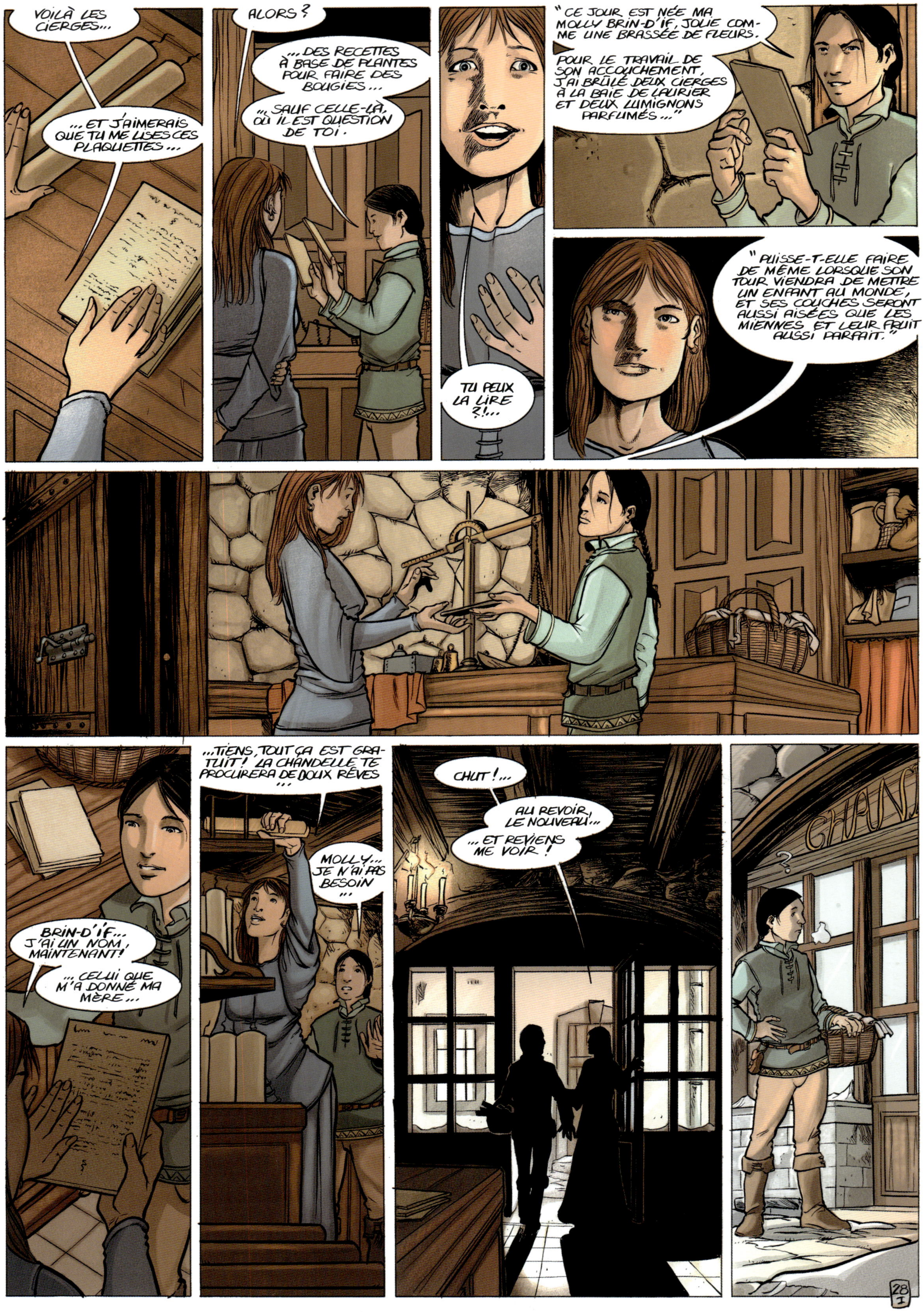
VOILÀ LES CIERGES...
...ET J'AIMERAIS QUE TU ME LISES CES PLAQUETTES...
ALORS ?
...DES RECETTES À BASE DE PLANTES POUR FAIRE DES BOUGIES...
...SAUF CELLE-LÀ, OÙ IL EST QUESTION DE TOI.
TU PEUX LA LIRE ?!...
"CE JOUR EST NÉE MA MOLLY BRIN-D'IF, JOLIE COMME UNE BRASSÉE DE FLEURS.
POUR LE TRAVAIL DE SON ACCOUCHEMENT, J'AI BRÛLÉ DEUX CIERGES À LA BAIE DE LAURIER ET DEUX LUMIGNONS PARFUMÉS..."
"PUISSE-T-ELLE FAIRE DE MÊME LORSQUE SON TOUR VIENDRA DE METTRE UN ENFANT AU MONDE, ET SES COUCHES SERONT AUSSI AISÉES QUE LES MIENNES ET LEUR FRUIT AUSSI PARFAIT."
BRIN-D'IF... J'AI UN NOM, MAINTENANT!
...CELUI QUE M'A DONNÉ MA MÈRE...
...TIENS, TOUT ÇA EST GRATUIT! LA CHANDELLE TE PROCURERA DE DOUX RÊVES...
MOLLY... JE N'AI PAS BESOIN...
CHUT!...
AU REVOIR, LE NOUVEAU...
...ET REVIENS ME VOIR!
CHAN
?
28 I

?!
QUE FAIS-TU SI TARD SUR CETTE ROUTE, BÂTARD?
JE REMONTE, MESSIRE!
J'AI FAIT DES COURSES POUR GEAIREPU.
UNE BIEN ÉTRANGE COÏNCIDENCE, BÂTARD!
POURQUOI CELA, MESSIRE?
UN BATEAU EST ARRIVÉ AVEC UN MESSAGE DE LA PLUS HAUTE IMPORTANCE... IL ÉTAIT DE DAME PATIENCE...
...POUR NOUS APPRENDRE LA MORT DE CHEVALERIE!
MON... MON PÈRE EST MORT?!
OUI, MON FRÈRE EST MORT...
...JE N'ARRIVE PAS À Y CROIRE MOI-MÊME.
ALLONS!
NOUS AVONS UN MESSAGE À DÉLIVRER.

UNE SEMAINE APRÈS LA MORT DE CHEVALERIE, LE COURANT D'AIR FAMILIER ET LA LUMIÈRE JAUNE VENUS DE L'ESCALIER SECRET ME RÉVEILLÈRENT...
QU'EST-IL ARRIVÉ À TES CHEVEUX ?
BURRICH ME LES A COUPÉS EN SIGNE DE DEUIL, POURTANT JE N'AI JAMAIS CONNU MON PÈRE.
IL NE S'EST JAMAIS INTÉRESSÉ À MOI...
QUAND TU SERAS ADULTE, TU COMPRENDRAS QUE C'ÉTAIT SA FAÇON À LUI DE DÉTOURNER SES ENNEMIS DE TOI.
VOUS L'AVEZ BIEN CONNU ?
NOUS ÉTIONS COMME LA MAIN ET LE GANT !
J'ÉTAIS LA MAIN INVISIBLE QUI AGIT SOUS LE GANT DE VELOURS DE LA DIPLOMATIE.
VOUS SAVEZ COMMENT IL EST MORT ?
ON DIT QU'IL EST TOMBÉ DE CHEVAL, NON ?
OUI, MAIS JE N'Y CROIS PAS !
MOI NON PLUS, MON GARÇON !
EST-CE QU'ON VA ME TUER, MOI AUSSI ?
JE N'EN SAIS RIEN...
... MAIS JE CROIS QUE LE DANGER VIENT DE L'INTÉRIEUR DU CHÂTEAU.
LE ROI SUBTIL AURAIT UTILISÉ VOS SERVICES ...
... SERAIT-CE LA REINE ?
PEUT-ÊTRE ÉTAIT-CE UN ACCIDENT. PEUT-ÊTRE QUE CHEVALERIE AVAIT OFFENSÉ QUELQU'UN À FLÉTRIBOIS...
... PEUT-ÊTRE QUE SA MORT N'A RIEN À VOIR AVEC SON STATUT DE PRINCE...
VOUS N'EN CROYEZ PAS UN MOT !
EN EFFET, MON GARÇON.
JE N'AI AUCUNE PREUVE POUR AFFIRMER QUE C'EST LA VÉRITÉ.
PAS PLUS QUE JE N'EN AI DE LA CULPABILITÉ DE LA REINE.

... L'ÉTÉ REVINT ET NOS CÔTES VIRENT LE RETOUR D'UN TEMPS PLUS CLÉMENT. JE M'ACQUITTAIS DE MES TÂCHES JOURNALIÈRES ET TOUTES LES TROIS SEMAINES ENVIRON, JE RECEVAIS L'ORDRE DE FAIRE DES COURSES EN VILLE...
JE N'ARRIVAIS PAS À PASSER UN PEU DE TEMPS AVEC MOLLY, MAIS À CHAQUE ESCAPADE DANS LE BOURG, JE M'ARRANGEAIS POUR LUI FAIRE UN PETIT SIGNE...
...SON SOURIRE ME SUFFISAIT.
LES DISCUSSIONS ALLAIENT BON TRAIN AU SUJET DES OUTRÎLIENS, DONT CERTAINS ÉTAIENT D'HONNÊTES COMMERÇANTS TANDIS QUE D'AUTRES, ARMÉS JUSQU'AUX DENTS, RAVAGEAIENT DES VILLAGES...
BEAUCOUP CRITIQUAIENT LE LAXISME DE VÉRITÉ.
ON MURMURAIT QUE SANS LES CONSEILS DE CHEVALERIE, IL ÉTAIT INCAPABLE DE DÉFENDRE LE ROYAUME.
FITZ!
FITZ!
FITZ DBOUCHLABOUCH DUBICHON.
DUBEURESSABICH.
OUI, JE M'APPELLE FITZ!
TU ES PERDU?

FITZ !
FITZ, DÉBOUCH LABOUCH DU BICHON. DUBEURRE ET SABICHE !
TU VEUX QUE JE TE MONTRE COMMENT RENTRER ?
MAIS NON !
ÉCOUTE-MOI, IDIOT :
FITZ, DÉBOUCHÉ, LA BOUCHE DUBICHON DUBEURRESSA-BICH !
C'EST QUOI CETTE HISTOIRE DE BEURRE ET DE BICHON ?
TU TE MOQUES DE MOI ?
LOIN DE MOI CETTE IDÉE !
FITZ DÉBOUCHE LA BOUCHE DU BICHON. DU BEURRE ET ÇA BICHE.
C'EST UN MESSAGE ET J'AI L'IMPRESSION QU'IL T'INCITE À UN ACTE IMPORTANT.
QUANT À CE QU'IL SIGNIFIE, JE N'EN SAIS RIEN !
JE SUIS BOUFFON ET JE N'INTERPRÈTE PAS LES SONGES.
BONNE JOURNÉE !
?
LA NUIT DU LENDEMAIN, JE REJOIGNIS UMBRE POUR LUI FAIRE LE RÉCIT DE MON CURIEUX INCIDENT... JE COMPRIS EN LE VOYANT QUE MES QUESTIONS ALLAIENT ATTENDRE...
ASSIEDS-TOI, MON GARÇON !
ILS NOUS PORTENT LES COUPS LES PLUS RUDES ET NOUS N'ARRIVONS PAS À LES FRAPPER EN RETOUR...
DE QUI PARLEZ-VOUS ?
DES PIRATES ROUGES !
LE PLUS INCOMPRÉHENSIBLE, C'EST QUE LES PIRATES ROUGES METTENT LE FEU AUX RÉCOLTES. ILS MASSACRENT LE BÉTAIL, MAIS JAMAIS ILS NE CHERCHENT À S'EMPARER D'UN TERRITOIRE.

SUBTIL ET MOI TROUVONS LES PIRATES ROUGES TROP BIEN RENSEIGNÉS SUR NOS STRATÉGIES ET NOS FORCES...
TU AS ENTENDU PARLER DU SEIGNEUR KELVAR ?
OUI, LE SEIGNEUR KELVAR DU DUCHÉ DE RIPPON !
LE SEIGNEUR SHEMSY L'ACCUSE DE LAISSER LES TOURS CÔTIÈRES SANS GUETTEURS, CE QUI PERMET AUX OUTRÎLIENS DE LES FRANCHIR POUR PILLER LES VILLAGES DONT IL EST LE PROTECTEUR.
KELVAR NÉGLIGERAIT NOTAMMENT LA TOUR DE L'ÎLE DU GUET.
AURAIT-IL FRANCHI LA LIMITE ENTRE L'INCURIE ET LA TRAHISON ?
VÉRITÉ PRÉPARE UNE VISITE AU CHÂTEAU DE KELVAR À FINEBAIE...
...ET JE VEUX QUE TU L'ACCOMPAGNES !
EST-CE UNE MISSION ?
OUI !
ES-TU PRÊT À PRENDRE TON SERVICE POUR LA FAMILLE ?
DEVRAI-JE TUER QUELQU'UN ?
PEUT-ÊTRE !
TU IRAS EN TANT QUE SERVITEUR DE DAME THYM, UNE VIEILLE DAME DE LA NOBLESSE QUI PROFITE DU VOYAGE POUR RENDRE VISITE À DES PARENTS À FINEBAIE.
SI TU DÉCOUVRES LA TRAHISON DE KELVAR, FAIS AU PLUS VITE POUR NOUS EN DÉBARRASSER !
TU AGIRAS SEUL, SANS AUTRE AVIS QUE LE TIEN !

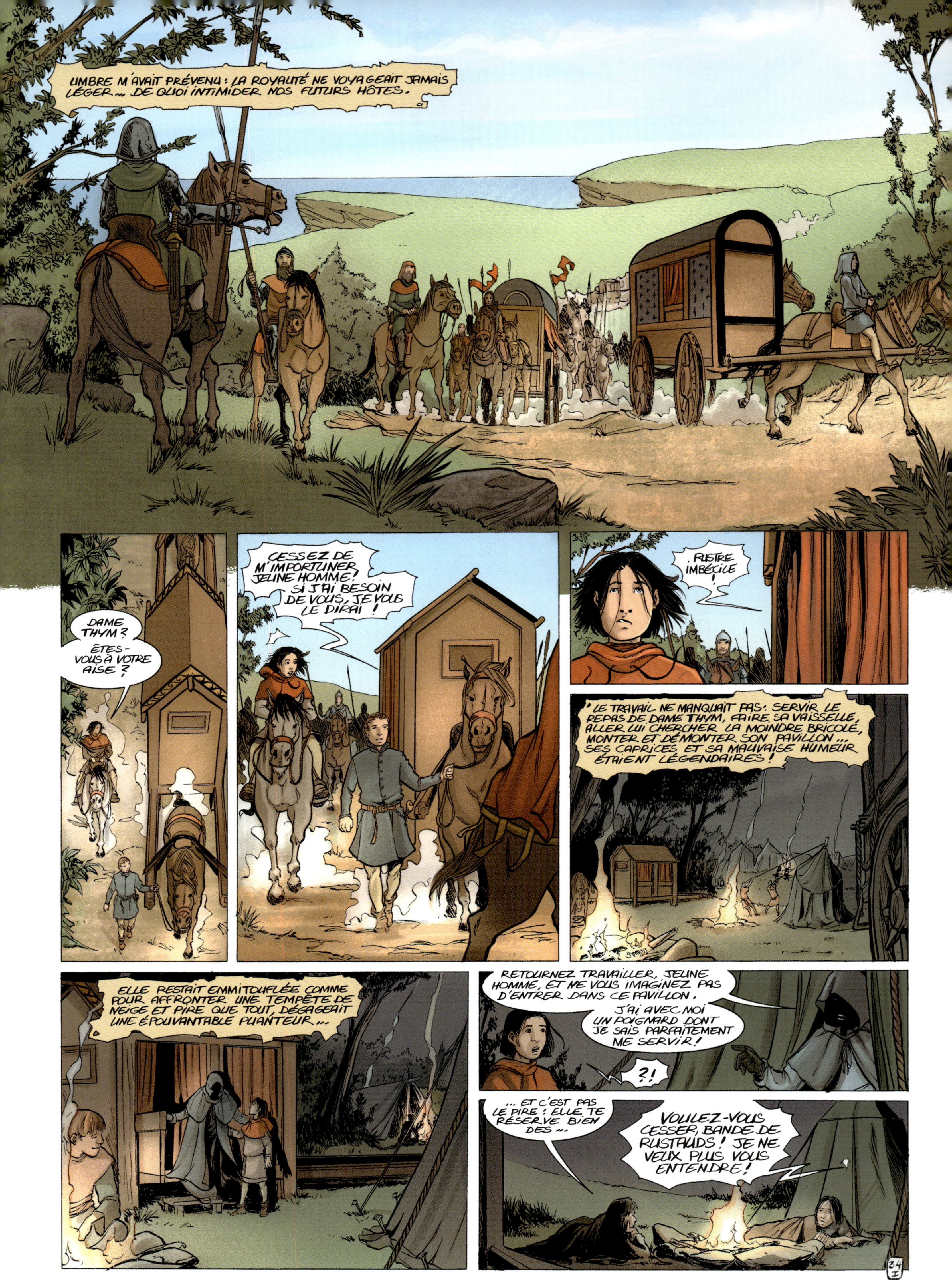
UMBRE M'AVAIT PRÉVENU : LA ROYAUTÉ NE VOYAGEAIT JAMAIS LÉGER... DE QUOI INTIMIDER NOS FUTURS HÔTES.
DAME THYM ? ÊTES-VOUS À VOTRE AISE ?
CESSEZ DE M'IMPORTUNER, JEUNE HOMME ! SI J'AI BESOIN DE VOUS, JE VOUS LE DIRAI !
RUSTRE IMBÉCILE !
LE TRAVAIL NE MANQUAIT PAS : SERVIR LE REPAS DE DAME THYM, FAIRE SA VAISSELLE, ALLER LUI CHERCHER LA MOINDRE BRICOLE, MONTER ET DÉMONTER SON PAVILLON... SES CAPRICES ET SA MAUVAISE HUMEUR ÉTAIENT LÉGENDAIRES !
ELLE RESTAIT EMMITOUFLÉE COMME POUR AFFRONTER UNE TEMPÊTE DE NEIGE ET PIRE QUE TOUT, DÉGAGEAIT UNE ÉPOUVANTABLE PUANTEUR...
RETOURNEZ TRAVAILLER, JEUNE HOMME, ET NE VOUS IMAGINEZ PAS D'ENTRER DANS CE PAVILLON.
J'AI AVEC MOI UN POIGNARD DONT JE SAIS PARFAITEMENT ME SERVIR !
?!
... ET C'EST PAS LE PIRE : ELLE TE RÉSERVE BIEN DES...
VOULEZ-VOUS CESSER, BANDE DE RUSTAUDS ! JE NE VEUX PLUS VOUS ENTENDRE !

AU FUR ET À MESURE DU VOYAGE, DAME THYM DEVENAIT DE PLUS EN PLUS TYRANNIQUE. TOUT ÉTAIT PRÉTEXTE À BRIMADES!
RUSTRE IMBÉCILE! CETTE EAU EST BOUILLANTE!
LE MATIN DU CINQUIÈME JOUR, ON APERÇUT ENFIN LES FUMÉES DE FINEBAIE!
AINSI ENCOMBRÉ D'ELLE, JE N'AVAIS MÊME PAS LE TEMPS DE RÉFLÉCHIR À L'ASSASSINAT ÉVENTUEL DU SEIGNEUR KELVAR...
CESSEZ DE VOUS BÂFRER ET DITES À CES SOLDATS DE FAIRE MOINS DE POUSSIÈRE!
TANDIS QUE LA CARAVANE SE DIRIGEAIT VERS LE CHÂTEAU DE KELVAR, JE DUS ESCORTER DAME THYM À SON AUBERGE.
ET SI VOUS N'ÊTES PAS DE RETOUR DANS SEPT JOURS, IL VOUS EN CUIRA!
VOUS POUVEZ ME CROIRE!
C'EST D'UN CŒUR LÉGER QUE J'ENFOURCHAI SUIE POUR REJOINDRE AU PLUS VITE LA FORTERESSE.
NE TOUCHEZ PAS MON BAGAGE, MARAUDE. VOUS AVEZ VU CETTE COUVERTURE? ALLEZ LAVER CETTE GUENILLE ET PLUS VITE QUE ÇA...
FITZ, VÉRITÉ TE DEMANDE!
LÉON EST MALADE!
BIENASSIS VA TE CONDUIRE À SES APPARTEMENTS.
ALORS, MON GARÇON, QU'EST-CE QUI INCOMMODE MON LÉON?
PAS GRAND-CHOSE, MESSIRE!
IL EST UN PEU RETOURNÉ PAR LE VOYAGE, UNE BONNE NUIT AU FRAIS LUI FERA LE PLUS GRAND BIEN.
JE VAIS SUIVRE TON CONSEIL!
EN ATTENDANT, IL FAUT QUE TU TE BAIGNES ET QUE TU T'HABILLES POUR ÊTRE PRÊT POUR LE DÎNER!

EN L'ESPACE D'UNE HEURE, JE PASSAI DU RÔLE DE PARASITE À CASTELCERF À CELUI DE MEMBRE OFFICIEL DE L'ENTOURAGE DE VÉRITÉ.
JE VAIS VOUS INSTALLER UNE PAILLASSE ICI POUR LA NUIT !
TOUT LE PORTRAIT DE CHEVALERIE AU MÊME ÂGE !
SUIS-MOI, MON GARÇON ! IL EST TEMPS DE DESCENDRE.
KELVAR SEMBLAIT TOURMENTÉ ET N'AVAIT D'YEUX QUE POUR SON ÉPOUSE, L'EXTRAVAGANTE DAME GRÂCE.
ELLE NE FAISAIT GUÈRE PLUS QUE MON ÂGE ET SON ACCOUTREMENT ÉVOQUAIT À LA FOIS LA FORTUNE ET L'ABSENCE DE GOÛT.
LE DÎNER FUT UN SUPPLICE. L'ÉTIQUETTE EXIGEAIT QUE JE PRENNE MA CUILLÈRE QUAND VÉRITÉ PRENAIT LA SIENNE ET MALGRÉ MA FAIM, JE DEVAIS REPOUSSER LES PLATS QUAND LUI-MÊME S'EN DÉSINTÉRESSAIT.
TOUT EN ACQUIESÇANT POLIMENT AU BAVARDAGE DE MA VOISINE DE TABLE, JE SURPRIS DES MURMURES SUR LE MAUVAIS ENTRETIEN DES ROUTES ET DU DÉPLORABLE ÉQUIPEMENT EN HOMMES DE LA TOUR DE L'ÎLE DU GUET.
C'EST AVEC SOULAGEMENT QUE JE REGAGNAI LES APPARTEMENTS DE VÉRITÉ.
ALORS, FITZ, QU'AS-TU À RACONTER ?
KELVAR EMPLOIE TOUT SON ARGENT, TOUT SON TEMPS ET TOUTES SES PENSÉES POUR SÉDUIRE SA JEUNE ÉPOUSE. J'AJOUTERAI QU'IL COMPENSE SON MANQUE DE VIRILITÉ PAR UNE ABONDANCE DE PRÉSENTS À SON ÉGARD...

DAME GRÂCE IGNORE TOUT DES RESPONSABILITÉS DE SA PROPRE POSITION ET ENCORE PLUS DE CELLES DE SON MARI.
FITZ, TU AS LA VOIX DE TON PÈRE, ET S'IL ÉTAIT ENCORE ICI, IL TROUVERAIT UN MOYEN SUBTIL DE RÉGLER CETTE AFFAIRE.
KELVAR EST HOMME ET DUC ET IL A LA CHARGE DE PLACER DES HOMMES VALABLES DANS CETTE TOUR.
JE VAIS LE LUI DIRE SANS DÉTOUR.
QUANT À DAME GRÂCE, QUELQU'UN SE DEVAIT DE LUI ENSEIGNER SES DEVOIRS !
VÉRITÉ AVAIT UNE VISION ÉTROITE DE LA SITUATION. IL FALLAIT DE LA DIPLOMATIE EN DONNANT À KELVAR LA POSSIBILITÉ D'AGIR FAVORABLEMENT...
...TOUT EN MÉNAGEANT SON ORGUEIL, ET EN RAFFERMISSANT SA POSITION VIS-À-VIS DU SEIGNEUR SHEMSY.
LA FAIM ME RÉVEILLA PEU APRÈS MINUIT. JE PRIS LA DIRECTION DES CUISINES EN ME DÉPLAÇANT COMME UMBRE ME L'AVAIT APPRIS.
JE TERMINAIS MON SECOND BOL DE RAGOÛT LORSQUE J'ENTENDIS DES PAS LÉGERS...
JE VAIS TE DONNER DE L'EAU, MON AGNEAU ! ÇA VA TE FAIRE DU BIEN !
BOIS, MON PETIT BICHONNET !...
RRRHUFFF
TTTUUUKUUHFFF
ÇA RECOMMENCE ! IL EST EN TRAIN DE S'ÉTOUFFER...
IL VA MOURIR !
LAISSEZ-MOI FAIRE !
IL ESSAIE DE SE DÉBARRASSER DE QUELQUE CHOSE COINCÉ DANS SON GOSIER...
?!
37
I

JE LISAIS LA PANIQUE DANS L'ESPRIT DU CHIEN. J'AVAIS BEAU LUI DIRE QUE J'ESSAYAIS DE L'AIDER, IL NE ME CROYAIT PAS ET ME REGARDAIT, TERRIFIÉ...
NE LUI FAITES PAS DE MAL !
LÀ... J'Y SUIS PRESQUE... IL Y A...
ÇA Y EST !... C'EST UN BOUT D'OS DE VOLAILLE !
MERCI, MON GARÇON ! VOUS L'AVEZ SAUVÉ...
?!...
...VOUS ÊTES...
...DAME GRÂCE ?
S'IL Y A LA MOINDRE CHOSE QUE JE PUISSE FAIRE POUR VOUS...
DAME GRÂCE, DEMANDEZ À VOTRE SEIGNEUR DE GARNIR LA TOUR DE L'ÎLE DE GUET AVEC SES MEILLEURS HOMMES !
QUOI ?
... POURQUOI UN GARÇON COMME VOUS SE PRÉOCCUPE-RAIT-IL DE CE GENRE DE CHOSE ?
JE M'OCCUPE DU MOLOSSE DE VÉRITÉ ET JE SAIS MON PRINCE PRÉOCCUPÉ PAR LA SITUATION. EN AGISSANT AINSI, VOUS METTREZ UN TERME À LA DISCORDE ENTRE LES DUCHÉS !
LE ROI ET SES DUCS SERONT STUPÉFAITS PAR VOTRE SAGESSE. QUANT AU PEUPLE, IL RESTERA ADMIRATIF ET TOUT ENTIER DÉVOUÉ À UNE GRANDE DAME CAPABLE DE RENONCER À QUELQUES RICHESSES POUR LE PROTÉGER DES ASSAUTS DES PIRATES ROUGES...
C'EST INTÉRESSANT... JE VAIS Y PENSER !...
BONNE NUIT, JEUNE HOMME !
EN LA VOYANT S'ÉLOIGNER, JE SUS QUE J'AVAIS MENÉ MA MISSION À BIEN, EN ME PASSANT MÊME DU POISON.

JE COMMENÇAIS TOUT JUSTE À DORMIR QUAND CHARIM VINT ME SECOUER L'ÉPAULE.
RÉVEILLEZ-VOUS, FITZ !
QUE SE PASSE-T-IL ?
UN COURSIER VIENT D'ARRIVER AU CHÂTEAU, IL EST ENVOYÉ PAR DAME THYM.
QUE ME VEUT-ELLE ?
JE SAIS SEULEMENT QU'ELLE A BESOIN DE VOUS TOUT DE SUITE.
HABILLEZ-VOUS SANS BRUIT ! VÉRITÉ DORT ENCORE !
CELA FAIT UNE HEURE QU'ELLE DEMANDE APRÈS VOUS...
J'AI PEUR QUE CE NE SOIT GRAVE !
TOC TOC TOC
FITZ, C'EST VOUS ENFIN ?
ENTREZ VITE MON GARÇON. J'AI BESOIN DE VOUS !
DAME THYM ?...
...QUE SE PASSE-T-IL ?

MON GARÇON !
?!
JE N'AI PAS LE TEMPS DE T'EXPLIQUER LE POURQUOI ET LE COMMENT !
SACHE SEULEMENT QUE DAME THYM EN A TROMPÉ PLUS D'UN ET QU'ELLE CONTINUERA ENCORE LONGTEMPS.
VA TROUVER L'AUBERGISTE ET DIS-LUI QUE DAME THYM A EU UNE NOUVELLE ATTAQUE ET QU'ELLE DOIT SE REPOSER QUELQUES JOURS. DIS-LUI BIEN QU'ON NE LA DÉRANGE SOUS AUCUN PRÉTEXTE ...
SON ARRIÈRE-PETITE-FILLE VIENDRA S'OCCUPER D'ELLE. CE SERA LA SEULE À POUVOIR ENTRER DANS CETTE CHAMBRE POUR LUI DONNER CE DONT ELLE A BESOIN.
VAS-Y TOUT DE SUITE !
VOILÀ QUI EST FAIT !
PARFAIT !
LES CHOSES IRONT COMME ELLES IRONT ENTRE KELVAR ET VÉRITÉ...
J'AI REÇU UN MESSAGE, CE SOIR : LES PIRATES ROUGES ONT FRAPPÉ À FORGE, TOUT À CÔTÉ DE CASTELCERF. ILS ONT PRIS DES OTAGES ET EXIGENT DU ROI SUBTIL UNE RANÇON, SANS QUOI, ILS LES RENVERRONT !
ILS LES TUERONT, VOUS VOULEZ DIRE ?
NON, IL S'AGIT BIEN DE LES RENVOYER. LE MESSAGER QUI S'EST ADRESSÉ À SUBTIL ÉTAIT TERRORISÉ. IL AFFIRMAIT QUE LES PIRATES RIAIENT SANS POUVOIR S'ARRÊTER DE LEUR ULTIMATUM.
C'EST INCOMPRÉHENSIBLE !
FAUT-IL OUI OU NON PAYER LA RANÇON, DANS CE CAS ?
C'EST CE QUE NOUS DEVONS DÉCOUVRIR AU PLUS VITE !
NOUS PARTONS DE SUITE POUR FORGE !
FORGE

JE VOULAIS SAVOIR, UMBRE... VOUS VOUS TROUVIEZ À L'AUBERGE PARCE QUE VOUS NE ME FAISIEZ PAS CONFIANCE ?...
NON!
J'Y ÉTAIS POUR LAISSER TRAÎNER MES OREILLES EN VILLE, TOUT COMME TOI AU CHÂTEAU.
LA PISTE EST ESCARPÉE, MAIS ELLE EST DIRECTE. UNE EMBARCATION NOUS ATTEND POUR ARRIVER PLUS RAPIDEMENT À FORGE.
PAS TROP FATIGUÉ ?
J'AI ACCOMPLI DES MISSIONS PLUS ARDUES EN DORMANT MOINS. DANS CINQ OU SIX BONNES HEURES NOUS POURRONS NOUS REPOSER SUR LE BATEAU.
QUAND IL M'A ENVOYÉ LE MESSAGER, SUBTIL N'AVAIT TOUJOURS PAS PRIS SA DÉCISION.
J'ESPÈRE QUE NOUS N'ARRIVERONS PAS TROP TARD À FORGE...
AUTREFOIS, NOMBREUX ÉTAIENT CEUX QUE L'ON FORMAIT À L'ART. UN HOMME ÉTAIT CAPABLE DE PERCEVOIR LES PENSÉES DE SON CHEF RIEN QU'EN SE TAISANT ET EN ÉCOUTANT ATTENTIVEMENT. JE REGRETTE QUE SON ENSEIGNEMENT SOIT SI RARE DE NOS JOURS.
EDA MERCI, ILS SONT LÀ!
41
I

TON MAÎTRE A BESOIN DE TOI !
SERS-TOI !
CE SOIR, LE DÉBARQUEMENT SERA ÉPINEUX. NOUS SERONS OBLIGÉS DE FAIRE NAGER LES CHEVAUX. TU METTRAS QUELQUES AFFAIRES, DANS UNE TOILE CIRÉE POUR LES PROTÉGER DE L'EAU.
VOUS SENTEZ LA GRAINE DE CARRIS !
BURRICH DIT QU'ON L'EMPLOIE POUR DONNER BONNE APPARENCE ET VIGUEUR À UN ANIMAL LORS DE SA VENTE. IL DIT QUE LORSQUE L'EFFET DE LA GRAINE S'ARRÊTE, LE CHEVAL S'ÉCROULE COMME UNE MASSE...
J'IGNORAIS QUE BURRICH EN SAVAIT SI LONG SUR LA GRAINE DE CARRIS...
... MAINTENANT, JE VOUDRAIS SURTOUT QUE TU TE CONCENTRES SUR CE QUI NOUS ATTEND LA NUIT PROCHAINE...
C'EST ÇA, MON GARÇON ! ENCORE UN PEU DE COURAGE !
ENFILE TES VÊTEMENTS SECS ET GRIMPONS SUR LA FALAISE.

JE SUIS NÉ À UN MILLE D'ICI À SURGEMAS ET JE N'AIME PAS SAVOIR LES PIRATES ROUGES DANS LES ENVIRONS...
FORGE !
J'AI BIEN PEUR QUE NOUS N'ARRIVIONS TROP TARD.
LE NAVIRE DES PIRATES EST PARTI !
OÙ SONT LES HABITANTS ?
MORTS, EMMENÉS EN OTAGES OU CACHÉS DANS LES COLLINES !
NON !...
LES OTAGES... ILS LES ONT RENVOYÉS !
OÙ ÇA ?
LÀ ! DANS CES RUINES !

MAIS QU'ONT DONC CES GENS ?
QUE LEUR EST-IL ARRIVÉ ?
MOI, JE LE SAVAIS ! JE NE PERCEVAIS PAS LEUR ESPRIT. PLUS RIEN N'ÉMANAIT D'EUX !
LE SPECTACLE ÉTAIT HORRIFIANT...
...JE M'EMPARAI DES RÊNES D'UMBRE POUR FUIR CETTE VISION DE CAUCHEMAR ET SORTIR AU PLUS VITE DU VILLAGE...
MAIS QU'EST-CE QUE TU FAIS, FITZ ? TU ES DEVENU FOU OU QUOI ?
ON AURAIT DIT DES MARIONNETTES ! DES MARIONNETTES HIDEUSES QUI N'AURAIENT PAS HÉSITÉ À NOUS TUER SI ELLES NOUS AVAIENT VUS.
NOUS ALLONS Y RETOURNER ! CES SONT DES GENS NORMAUX QUI ONT SUBI DES ÉPREUVES AFFREUSES, VOILÀ TOUT !
?!
IL Y A DU MONDE, DEVANT !
44 I

REGARDEZ, C'EST LE GRÊLÉ! LES LÉGENDES SE RÉALISENT!
IL VIENT RÉPANDRE SES MAUX SUR NOUS!
JE NE VOULAIS PAS QU'ON ME VOIE AINSI!
ILS APPROCHENT!
SUIS-MOI, MON GARÇON, OU ILS VONT NOUS LAPIDER!
DISPARAISSEZ! DISPARAISSEZ!
C'ÉTAIT LE RESTE DE LA POPULATION DE FORGE, CELLE QUI N'AVAIT PAS ÉTÉ PRISE EN OTAGE PAR LES PIRATES ROUGES. JE SENTAIS DANS LEUR ESPRIT LA COLÈRE ET LA PEUR.
OISEAUX DE MALHEURS!
C'EST VRAI QUE VOUS ÊTES LE GRÊLÉ?... L'HOMME QUI ANNONCE MALADIES ET DÉSASTRES?
CETTE LÉGENDE COURT DEPUIS DES SIÈCLES! TU NE ME CROIS PAS SI VIEUX, J'ESPÈRE!
CES GENS ABANDONNENT LEURS MAISONS ET LEURS PROCHES TRANSFORMÉS EN SIMPLES D'ESPRIT. VOILÀ POURQUOI LES PIRATES ROUGES RIAIENT DE NOUS RENVOYER LES OTAGES...
?
UMBRE?!
JE... JE N'AI RIEN DE CASSÉ! ... C'EST LA GRAINE DE CARRIS QUI NE FAIT PLUS EFFET... IL FAUT QUE JE ME REPOSE...
CETTE NUIT-LÀ, JE DORMIS COLLÉ À LUI DANS L'ESPOIR DE LUI TENIR CHAUD...
LE LENDEMAIN, NOUS REFÎMES LE VOYAGE À L'ENVERS, PRESSÉS, MAIS LAS DE NOTRE CHEVAUCHÉE.
45 I

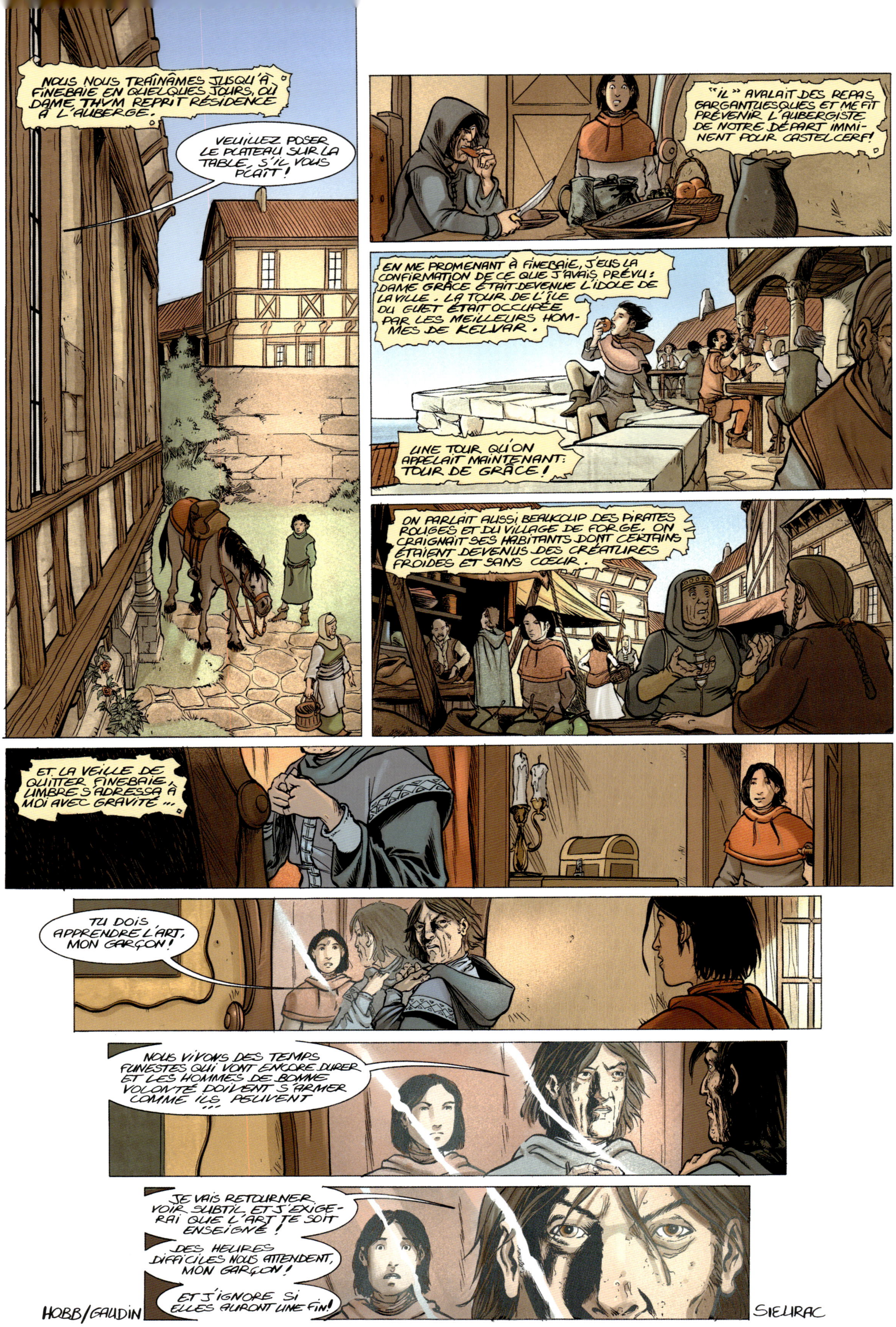

HOBB/GAUDIN SIEURAC